Raoul Schrotts Anliegen ist es, die verlorene Einheit von Poesie und Wissenschaft wiederzufinden. Seine Bücher sind geprägt von einem Hunger nach Welt und Bildern, nach Worten und Sprachen. Und so ist *Tropen* auch mehr als ein Gedichtband im engen Sinn: das Logbuch einer Welterfahrung.

Im Mittelpunkt von *Tropen* steht eine der wichtigsten ästhetischen Empfindungen, das Erhabene. Doch nähert sich Schrott ihm nicht in kunsttheoretischen Diskursen, sondern durch konkrete Beobachtungen. In der Dämmerung sieht er zum Beispiel den Erdschatten in das Firmament steigen und zeichnet in seinen Gedichten das Licht und die Unentschiedenheit seiner physikalischen Gestalt nach – Welle oder Teilchen, Physik und Poetik sind für ihn nur zwei Seiten einer Medaille.

In weit ausgreifenden, erzählenden Gedichten konfrontiert er so Naturphänomene mit dichterischen Bildern, bis der Leser entdeckt, daß in einer physikalischen Erscheinung wie in einem Kunstwerk oft ein poetischer Sonnenaufgang steckt, der uns lehrt, die Welt neu zu sehen: »virtuos«. ›Frankfurter Rundschau‹

Raoul Schrott, geboren 1964, lebt in Irland. Er veröffentlichte u. a. den Roman *Finis Terra* (1995), *Die Wüste bei Lop Nor* (2000), den Gedichtband *Hotels* (1995), das *Gilgamesch Epos* (2001) und die Anthologie *Die Erfindung der Poesie* (1997), die zu einem lyrischen Bestseller ohnegleichen wurde. Daneben entstanden zahlreiche Essays zur Dichtung und Übersetzungen aus unterschiedlichsten Sprachen bis hinauf zu Derek Walcott.

Unsere Adresse im Internet: www.fischer-tb.de

Raoul Schrott

Tropen

Über das Erhabene

Fischer
Taschenbuch
Verlag

Tro̩|pen [zu grch. *tropos* »Drehung, Wende, Wechsel«]
1. Zone beiderseits des Äquators zwischen den Wendekreisen.
2. bildliche Ausdrucksweisen; Worte, die im übertragenen Sinn gebraucht werden; Stil- und Denkfiguren der Poesie.

Veröffentlicht im Fischer Taschenbuch Verlag,
einem Unternehmen der S. Fischer Verlag GmbH,
Frankfurt am Main, Juni 2002

Lizenzausgabe mit freundlicher Genehmigung
des Carl Hanser Verlags, München, Wien

Druck und Bindung: Clausen & Bosse, Leck
Printed in Germany
ISBN 3-596-15142-2

Inventarium I

In der algerischen Wüste, auf der Piste von Amguid nach Tamanghasset, steht eine Tafel, die den *Tropique du Cancer* markiert. Vorher, an den Ausläufern des Garet el Djenoun, fährt man durch ein Gebiet, in dem die Franzosen in den 50er Jahren Wasserstoffbomben in unterirdischen Schächten zur Explosion brachten. In Libyen markieren die 23,5° nördlicher Breite den Beginn des Aozou-Streifens, der bis zur Gebirgskette des Tibesti reicht, wo die Garamanten ihre Smaragdminen hatten; heute sieht man dort vor allem ausgebranntes Gerät aus dem Tschadkrieg. Auf derselben geographischen Breite, an der stellenweise verminten Grenze zwischen Libyen und Ägypten, erhebt sich aus der Ebene ein Felsmassiv, an dessen Abbruch man auf steinzeitliche Gravuren und Malereien stößt, die auf eine Zeit zurückgehen, als es dort noch Seen und Flüsse gab. Weiter noch im Osten liegt Assuan, das antike Syene, wo Eratosthenes Messungen in einem Brunnenschacht vornahm, um über den Sonnenstand den Umfang der Erde zu berechnen. Die Bahn der Sonne selbst jedoch scheint von diesem Breitengrad an, je näher man dem Wendekreis des Steinbocks kommt, langsam über dem Kopf zu kippen, bis sie mittags im Norden steht.

Was sich dazwischen erstreckt, sind Gebiete, deren Dürre nur am Äquator überwuchert wird, eine parasitäre Vegetation, deren Fülle flach auf der erodierenden Kontinentalkruste haftet: verrottende Baumstämme unter dem dunklen Grün des Daches, das schrille Geräusch der Insekten. In den Impressionen eines sublimen und majestätischen Urwaldes, wie sie Darwin in der *Reise um die Welt* beschrieb, in seiner feindlichen Unzugänglichkeit, die jener der Wüste auf ihre Weise entspricht, ist die Natur allein auf sich gestellt, als wollte sie demonstrieren, wie offen die Erde eigentlich zu Tage liegt und wie ausgesetzt sich das Leben darauf findet. Zwischen den Polen des Organischen und des Anorganischen vollzieht sich so auch noch ein anderer Kreislauf, der in seinen Extremen am Äquator und den ihn einfassenden Wendekreisen kulminiert.

Landschaften feindlich und unzugänglich zu nennen, heißt bereits, sie unter einem humanen Blickwinkel zu denken; doch wenn die Natur eines ist, dann indifferent. Um diese Gleichgültigkeit trotzdem irgendwie faßbar zu machen, müßte man imstande sein, von den Kategorien des menschlichen Denkens zu abstrahieren. Da uns aber kein anderer Ausgangspunkt zur Verfügung steht, wird sie uns eigentlich nur als Differenz bewußt – darin besteht das Paradoxon, dem man mit dem Begriff des Erhabenen Ausdruck zu verleihen sucht. Es ist ein Rätsel, das gerade im Unvermögen liegt, es genau mit Worten zu benennen.

Was sich dennoch als Konstante an den verschiedensten Bestimmungen des Sublimen – die sich im Laufe der Jahrhunderten mit dem Grauen, dem Schönen, dem Pittoresken und dem Romantischen überschnitten – ablesen läßt, ist das Gegenüber der Natur und die Position, die man dazu einnimmt. Das Erhabene ist so letztlich Ausdruck einer existentiellen Haltung, die immer wieder an der Unantastbarkeit der Natur scheitert, eine Haltung, die sich gerade an diesem unüberwindlichen Bruch orientiert – das wäre die knappste denkbare Annäherung. Und sie gilt zugleich auch für das Gedicht, das die Topographie des Erhabenen mit dem Raster seiner Tropen entwirft.

Höhe und Tiefe, Weite und Nähe: der Norden, auf den sich die Nadel einpendelt, ist der des Anderen, des Fremden. Die Kardinalpunkte des Kompasses, der am Erhabenen ausgerichtet ist, wechseln dabei jedoch die Bezeichnungen, um sie ins Transzendente zu verschieben: hin zum Majestätischen und Unauslotbaren, Unermeßlichen und Bedrückenden.

So gesehen, beruht das Erhabene auf einer Projektion; sie umreißt dieses Relief mit ihren Höhenlinien. Um einen Maßstab dafür zu finden und es den Koordinaten eines Raumes und einer Zeit einzuschreiben, sucht man nach natürlichen Orientierungspunkten; doch was man wahrnimmt, hängt immer vom Blickwinkel ab. Die Abbildung auf die Ebene der Sprache unterliegt dann zwar gewissen Verzerrungen, aber diese sind es letztlich, die uns diese Fremdheit erst ins Bewußtsein rücken, im ursprünglichen Sinn einer Allegorie: das Erhabene als das Andere, das verschiedene Lesarten zuläßt. Die Leere, die darin sichtbar wird, findet sich auch an anderen Orten, den Bergen, dem Meer; es ist eine Leere, die das Auge immer wieder wie einen Fluchtpunkt fixiert.

Dabei aber wird deutlich, wie weit all diese gezogenen Kreise auf Illusionen beruhen, Orientierungen, die letztlich so trügerisch bleiben wie die Vorstellung, daß die Sonne irgendwo aufgeht und sich dann um die Erde dreht, oder daß sie irgendwann an einem Punkt steht, von dem aus sie keine Schatten mehr wirft. Es sind nichts als humane Perspektiven, konstruiert für eine Geschichte des Lichts und seiner Räume, eine Optik, um mit den Dingen und der ihnen zugrundeliegenden, elementaren Wirklichkeit zu Rande zu kommen.

Bei Homer ist das Meer purpurrot, weiß oder weinfarben, und der Himmel aus Bronze oder Eisen – nie aber blau. Auf einer Babylonischen Tontafel steht, der Sirius leuchte wie Kupfer; Ptolemäus aber sah ihn gelblich, Seneca rot und Manilius blau funkeln; uns dagegen erscheint er weiß. Ebenso unterschiedlich fallen auch die Anschauungen des Erhabenen aus: ein Produkt der Einbildungskraft, wie Kant in seiner Schrift argumentiert, ist es nichts, als reine Form ohne Substanz. Um das Undarstellbare deshalb darzustellen, muß man es fingieren – bis in den Schnittflächen der Bilder Ich und Welt, Chaos und Ordnung emblematisch greifbar zu werden scheinen. In dieser Hinsicht besteht das Paradoxon bereits in der Natur des Lichts: man sieht mit seiner Hilfe und durch es hindurch, ohne es selbst wahrzunehmen.

Das griechische *optike* bedeutet »klar sehen«, doch was die Natur des Lichtes ausmacht, blieb und bleibt unklar. Die Pythagoräer glaubten, daß das Auge einen Strahl aussende, die Atomisten Leukippus und Demokrit, die Dinge würden von ihrer Oberfläche unablässig feine Filme, Simulakren, absondern, und die Platonische Schule versuchte beide Ansätze zu verbinden. Der arabische Philosoph Ibn al-Haytham (im Westen als »Alhazen« bekannt), brachte die Idee auf, daß das Auge nur ein Rezeptakel für Lichtstrahlen ist, die es punktförmig in der Cornea auflöst – eine Theorie, die zu seiner Zeit kaum Beachtung fand, doch dann mittelbar zur Konstruktion der Perspektive und ihrer Sehpyramiden führte. Mit ihr wurde der Betrachter endgültig aus dem Rahmen gelöst und vom Bild getrennt: er steht außerhalb und schaut auf das Bild wie durch ein Fenster. Der deutliche Akzent der Subjektivität dabei führte in der Philosophie, beginnend mit Descartes, zu jener Entfremdung von den Dingen, die das Erhabene wieder auszufüllen hatte.

Die Geometrische Optik von Euklid bis Newton beschrieb die Phänomene des Lichts unter Annahme geradliniger Strahlen. Mit den Experimenten Thomas Youngs wurde hingegen die Idee dominant, daß sich Licht in Wellen ausbreitet – bis Einstein beides für komplementär erklärte. Unter dem Einfluß der Quantentheorie wandelte sich schließlich der Name zu dem einer »Physikalischen Optik«. Mit ihr begann (zumindest die mikroskopische) Welt unwägbar zu werden, einzig noch im Auge des Betrachters zu existieren und sich bei jedem Blick andersartig zu manifestieren: je nach Versuchsanordnung muß das Licht als Partikel, als Bewegung einer Welle oder als Kraft aufgefasst werden. Mehr noch: jede Beobachtung greift in sie ein und verändert die Eigenschaften. »Es wäre falsch, zu denken«, sagte Niels Bohr, »daß die Wissenschaft herauszufinden hat, wie die Natur *ist*. Sie beschäftigt sich allein mit dem, was wir über sie *sagen* können«.

Dieses Sagen ist es, das einen als Ausgriff beim Schreiben hält: darin liegt der Vorwurf jeden Gedichts. Das rationale Wissen versucht auf seine Art, die Dinge rudimentär herauszuarbeiten; es zieht einzelne Zeilen nach und gibt manchmal eine Suchbewegung vor, stellt Glossen neben die Strophen und versucht die Begriffsgeschichte mit eigenen Maßstäben nachzuziehen.

»Das ›Sublime‹ zu behaupten, in seinem ursprünglichen Sinn«, das wäre von Beginn an verfehlt, ebenso wie es als Monolith zu sehen, als Block von Gedichten und eine einzige Stimme: stattdessen liegt es in Tonfällen und Stimmhaltungen, Stücken, Lagen und Schichten. Sie schließen aneinander an, ohne sich ganz aufschließen zu lassen – das poetische Gedächtnis richtet sich an den Worten nur aus, um ihnen eine zweite Bedeutung als Tropen zu geben: der Blick in die Räume der Geographie, übertragen auf die Figuren der Sprache.

ERSTES STÜCK

PHYSIKALISCHE OPTIK

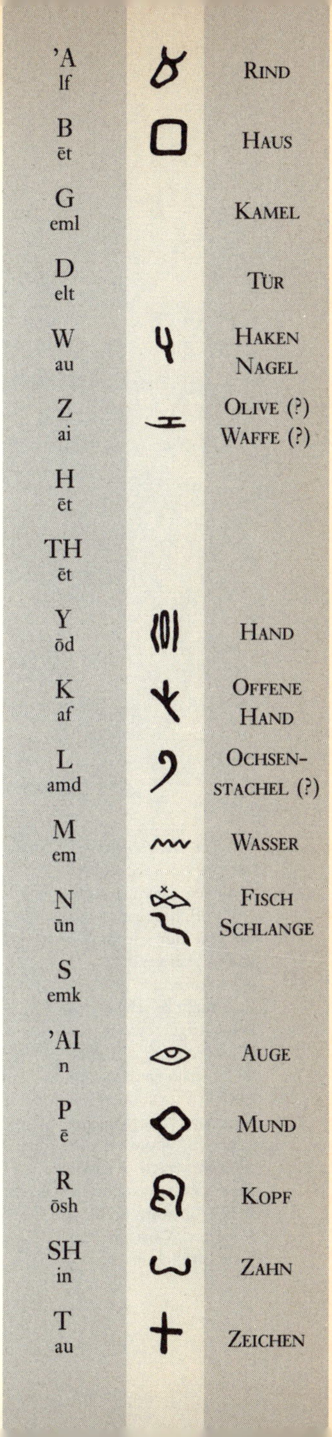

Wenn es um die Darstel
lung von atomaren Phä
nomenen geht, sagte
Niels Bohr, kann die
Sprache nur wie in der
Poesie verwendet wer
den. Auch ein Dichter
ist ja nicht so sehr damit
beschäftigt, Fakten zu
beschreiben, als Bilder
und Analogien zu ent
werfen. Wie können wir
dann jemals hoffen, Vor
gänge im Atom zu ver
stehen?, fragte Heisen
berg. Dazu müssen wir
lernen, antwortete Bohr,
was das Wort »verste
hen« wirklich bedeutet.

Physikalische Optik i

er kam aus dem november · der hagel brachte
    ihn herab · all das wasser auf den flügeln
die nähte und die grate einer gußform

    die im regen hing bis der wind sie kappte
und er dann an die scheibe schlug wie ein bügel
    der aus seinem schloß schnappt · der ahorn

dort und seine äste · so schwarz war er
    eisengrau der bauch · nur ein paar federn
zum schwanz hin heller doch kaum scheinbarer

    als seine schwere nun plötzlich am balkon
in die sich die krallen hakten · norwegen
    oder die tundra · kein anderes land dachte

ich mir ließ diese tarnung zu und dem schnabel
    nach zu schließen war es wohl ein sperling
augen dunkel wie mangan und ein ring

    ganz weiß und schmal fast wie abgeschabt
von diesem schauen · flüsse im winter wegwärts
    ein erzeinschluß in den pupillen · das herz

ein flacher kiesel unter hagelschlossen
    zurückgelegt in den oktober · aufgehoben
war er leicht und das wort »vogel« eine vokabel

unklarer herkunft und von irgendwo im norden

innsbruck, 22. 10. 96

Ein frei schwingendes Pendel ist ein Beispiel dafür, daß die Bedin gungen eines Systems nie vollkommen wieder holbar sind: bevor es an einem fixen Punkt, dem ›attractor‹, zu stehen kommt, bricht sein Kreisen in eine bei je dem Mal andere Spirale aus. Ähnlich entsteht auch ein Gedicht: sein Impetus erhält im Mä ander der Form immer wieder neue, unvorher sehbare Anstöße, bis es schließlich seine Mitte erreicht.

Physikalische optik II

unter den fingern zerfällt der abend
wie verbranntes papier · und der himmel zu asche
die hand die schreibt ist immer zu langsam

auf diesem kohlepapier sind die buchstaben
erst zu erkennen wenn man sie über eine flamme
hält und die sonne ist ein volta'sches

element für die bogenlampe des lichts
das in dieser kälte die überschreibungen
des regens zum vorschein bringt · kalligramme

auf dem löschblatt der nacht und abschreibübungen
aus dem handgelenk · so kommt ein gedicht
zustande · doch an den rand der maske

einer seite malt man mit wenigen strichen
die bewegungen eines pendels · so ein nacktes herz
gemessen an der seltsam fremden anziehung

der zeilen · auf ihrem steten rückzug erdwärts
strahlen scheinwerfer die bäume an stamm um stamm
damit sie noch morgens dieselben haben

schloß rosenau, 12. 8. 96

Ein anderes Beispiel da für, wie minimale Un bestimmbarkeiten an schaulich werden, sind die Spiegelungen des Mondlichts auf den Wellen, und wie sie sich immer wieder anders ausbreiten – obwohl die se Schleifen schwer zu sehen sind, da sie sich nur gerade solange bil den, wie das Auge braucht, um auf diesen Reiz zu reagieren.

Physikalische Optik III

die pfeiler setzen eine brücke ins dunkel · die quinte
hinter dem auflösungszeichen
des wehrs und der fluß ein paar zeilen lang

im takt der zypressen · was diesen vergleich
zuläßt ist die leere fläche der nacht und das labyrinth
des lichts in den hohlen wangen

der wellen · kreise und schleifen
mondringe wie sie heißen die fast zu jäh untergehen
um sie zu sehen · doppelpunkte die nur kurz

ineinander fließen bevor sie wieder entstehen
am rechen der schleuse bleiben
die schatten dann hängen während die laternenstangen

den grund ausloten · noten und striche · und ein sturz
aus der stille in einen katarakt
vor dem der blick zurückfällt und verschwimmt

saint jean les jumeaux, 19. 8. 96

Es ist dies auch im Großen nachvollziehbar. Das strohfarbene Lichtband etwa, das nach Sonnenuntergang auf dem westlichen Horizont bleibt, wird »Dämmerungsbogen« genannt. Zwischen ihm und dem Blau des Himmels kann sich zusätzlich ein grüner oder türkiser Streifen bilden. Der Bogen entsteht dadurch, daß das Licht der Sonne noch auf höhere Schichten der Atmosphäre fällt und dort von den Molekülen in der Luft gestreut wird.

Physikalische Optik iv

alles haftet am wind · rispen um rispen einzeln
die kehle der blätter die offene hand der sträucher ihm
entgegen gespreizt · die zacken der heinzen

mit dem federgras und seinen pfriemen
wachsen ein in ihn · adern und der bauch eines himmels
der zu breit für die bäume ist · mit dem rücken wälzt

er sich durch die felder schlägt mit der sonne um
und kriecht auf allen vieren im spelz
zwischen einer bö und der anderen hält er die stimme

am stock und setzt sich zur koppel · was jedoch stumm
ist bleibt: die erde wird wenn er innehält
während sie in der nacht wieder auseinanderfällt

in der schleppe des lichts ebnet er sich den acker
fährten und rodungen · und das flackern
der zunge die zwischen fugen und steinen ins freie leckt

stottert die sterne langsam heraus · dann sieht man ihn
im üblichen roten zinnober des abends
den er sich vom arm schabt wie trockene farbe

annweiler, 18. 8. 96

Spiegelbildlich dazu bildet sich kurz vor Sonnenuntergang am östlichen Horizont ein flaches, dunkelblaues Band unter dem hellen und roten Bogen der Gegendämmerung; die Grenze zwischen beiden verwischt sich, je höher es steigt. Dieses Band ist dabei nichts anderes als der Schatten, den die Erde auf die Atmosphäre wirft.

Physikalische Optik V

die pinien auf dem fels lodern schwer auf
in grünen schwaden · dann ist das meer ein ölgetränkter
fetzen stoff von dem die gischt sich ihre streifen

reißt während das wasser gegen den geradelauf
der sonne zurück zur hafenmauer brennt
ein tanker unter der brücke einer dämmerung · es greift

über auf die gestapelten stämme der wolken und wirft
ihre schatten tief in den osten · eine wand
die langsam aus dem blick wächst je weiter alles

ins rutschen kommt · es ist als sähe man die erde
in der drehung feuerfangen und in ihrem blaken in die nacht
auch den umriß eines armes einer hand – eos

der mythos ist genauer noch als die metrie von sphären
die mit ihren trajektorien den untergang
der erde zeichnet · ein sich anders in die leere

sagen · vergleiche die sich unmerklich zur figur
verschieben · vom anfang abgelenkt streut das licht
bis es zu bildern bricht – den hologrammen einer ohnmacht

camoglie, 28. 7. 96

In einem symmetri schen, vollkommen Uni versum wären alle ein zelnen Elementarteil chen masselos und wür den sich mit Lichtge schwindigkeit bewegen. Um sich die scheinbar willkürlich unterschied lichen Eigenschaften je doch zu erklären, nimmt man zur Zeit an, sie ent stünden dadurch, daß sie auf noch nicht identi fizierte Partikel eines Higg'schen Feldes sto ßen, einer Art moder nem Äther.

Physikalische Optik vi

in dreißigtausend fuß höhe über dem meer war der mond
nur mehr ein partikel das bei minus 46 grad
von der flügelkante und ihrem künstlichen horizont
abprallte und in teilchen zerfiel · am blauen blatt

der nacht überlagerte sich seine spur mit dem blinken
der positionslampe · eines der korpuskel
auf dieser folie aber ließ sich von der bahn abbringen

es spiegelte sich am klapptisch in seinem paneel
und im vakuum des fensters · dann war unten iraklion
später das nildelta und die ganze küste hell
in ihrem knick nach norden wie ein akrostichon

von lichtern · ein gewitter im osten · das halogen
des donners in lautlosen sequenzen · rote querschläger

und kondensstreifen als statische entladungen
in einem higgs'schen feld · die schwarzen äcker
afrikas in seine fluoreszenzen getaucht · wie risse
die elektronen in das nichts einer nebelkammer
ziehen als ob sich damit eine leere bewiese

die am schirm der wolken aufleuchtet · langsam
aber löste sich der gefrierpunkt ab vom äquator

des mount kenya · das flugzeug symbolisch am monitor
über dem sitz bis es zur zwischenlandung
in nairobi ansetzt · in der anflugschleife stand es
senkrecht auf dem flügel und da war die ahnung

von der weite am morgen · den grauen flächen des klees
neben dem rollfeld · stunden später dann
scherten die cirren über dem indischen ozean

in den sund der dämmerung aus · wie ein smaragd
erst war die sonne und sekunden darauf bereits ein weiß
schmelzender klumpen mineral am wendekreis
der mond wieder im mund der erde · noch halb zernagt

münchen-antananarivo, 1. 12. 96

Die Position des Mon
des wird von seinem
Schwerpunkt markiert,
der letztlich nichts an
deres ist, als das Mittel
all jener Orte, die seine
Atome einnehmen kön
nen. Jedes dieser Atome
wiederum läßt sich al
lein mit einer Wellen
funktion bestimmen, die
jedoch nur wahrschein
liche Positionen anzuge
ben imstande ist. Das
führt nicht nur zur para
doxen Frage, ob der
Mond nur existiert,
wenn man zu ihm hin
aufschaut, sondern auch
zur zugegeben äußerst
geringen, aber letztlich
nicht auszuschließen
den Möglichkeit, daß er
sich für einen undenk
bar kurzen Moment in
Luft auflöst und an an
derer Stelle wieder auf
taucht.

Physikalische Optik vii

die stahlfeder der strömung spannt sich vom damm
bis zur boje die sich gegen die donau schiebt
die unruh des flusses · rechts der fahrrinne treibt

nichts mehr ab · der stock der in den schlammigen
wellen der krümmung liegt wie die hemmung
am ankerrad eines wirbels ist meine andere bake

für die halbe stunde · von der im flußbett vertäuten
tonne bis zu der vom regen morschen barke
geht eine linie über die die äste der minuten gleiten

die mit dem wind gewachsenen bäume am treidelweg
zwei dann einer und dann drei bringen die zeit
in ihre zwischenräume · sie stecken den rahmen ab

für das meßwerk in diesem regelkreis des blicks · am steg
jedoch gerät er auseinander geht man den bildern
zu nahe · unter dem grün des wassers verlangsamt

sich das pendel und bleibt stehen an der naßsilbernen
markierung eines pegelstandes als fände der fluß
weder grund noch folge er einem lauf an den schluß

der dinge · wellen überlagern und heben sich in teilen
einzeln auf · das gewicht der boje an ihrem seil
hält den strom in seinen grenzen wie auch der sand

in einiger entfernung erst zum ufer wird · das auge ahmt
es vor · die landschaft selbst ist bloß ein fingerzeig
in kaum umrissene konturen als hätte nur das bestand

was gangbar ist · als wäre die wirklichkeit um sekunden
vorgestellt oder als läge bei der hochwassermarke
dort ein riß · doch der maßstab ist an nichts gebunden

der pflock bricht wie ein arm der in einen spiegel greift
und wird gebrochen von der fläche des flußes:
er biegt sich und knickt schließlich · ein weidenzweig

weißenkirchen, 11. 8. 96

Die Eindeutigkeiten der
Newtonschen Physik ge
hen auf der subatoma
ren Ebene in einer Welt
von Wahrscheinlichkei
ten unter – ein in sich
geschlossenes System, in
dem sich die als Welle
oder Teilchen erkennba
ren Eigenschaften über
lagern. Erst ein Akt des
Messens löst diese Mög
lichkeiten, verschiedene
Formen anzunehmen,
voneinander ab – ein
Vorgang der Dekohärenz
(wie er genannt wird),
mit dem die Dinge erst
wieder ihre für uns ge
wohnte Wirklichkeit an
nehmen.

Physikalische Optik VIII

der erste tag nach dem ramadan · regen über damaskus
die schranke des lichts und der splint eines minaretts
der in den zahnrädern und ketten dieses schlagbalkens
steckt · wassertürme öltanks und industrie · autos aus

den 50er jahren parken auf den geborstenen gehwegen
chevrolet opel und dodge · hinter der straßenkreuzung
steht ein abgewrackter rumpf der *syrian air* wie eine
persiflage auf die angst vorm fliegen und die walkyrien

kommen aus dem riesenrad daneben mit den trippelnden
schritten die der schwarze tchador gerade noch erlaubt
und steigen in den bus ein · im schweigen dieses halb
benommenen tages der den toten kaum heiliger sein kann

kaut ein mädchen mit roter plastikblume und einer schleife
im kurzen haar an der sitzlehne herum ohne daß der junge
an meiner seite sie beachtet · gott weiß wovon er träumt
mit seinen grünen augen · vielleicht wird er später einmal

sehen daß das nasse gleißen der raffineriekegel hinter
den zäunen genau dieselbe vollkommenheit verkörpert
wie auch die tauben die braun im staub zusammenkauern
weil die bäume keinen schatten mehr haben · das leben ist

nichts anderes als ein sich erschöpfen von extremen an
den maschen des stacheldrahts · der hunger frißt sich
schließlich durch alles · an den barrikaden und sperren
der vorstadt bewachen die soldaten dieses niemandsland

des lichts das jetzt zischend auf den warmen asphalt tropft
regen über damaskus · und der himmel dabei wie aus einem
guß · die wanne eines tiegels in dem die dinge sich legieren
auf der straße nach jerash tadmor mosul bagdad (800 km)

gerät der weiß glühende fluß seines anstichs am damm
der berge ins stocken · schlieren von eisen schwaden
von dampf über einem mit dem lineal durch die steppe
gezogenen kanal · die scheibenwischer schleifen ruckend

über die glatten flächen der kilometersteine wie die flügel
eines vogels · militärposten beduinenzelte und feuer · im
graben ein tanklaster mit den handgemalten buchstaben
einer *syrian livestock car company* · dann nur mehr sand

tadmor, 21. 2. 96

Die Möglichkeiten, an verschiedenen Orten zu sein und unterschiedli che Zustände einzuneh men, gehen beim Kon takt mit den »offenen« Systemen der uns zu gänglichen Welt verlo ren. Die Vibration der Luftmoleküle in der At mosphäre, die Strah lung im Raum – all dies interagiert mit den Quantenpartikeln und hat einer Theorie nach zur Folge, daß diese Un bestimmtheiten mit der Geschwindigkeit des Lichts in Bestimmhei ten übergehen.

Physikalische Optik ix

vom zug aus streicht man die hügel mit dem ballen
der hand flach wie eine folie die kaum am untergrund
haftet · auch die scheinwerfer der autobahn übertragen
den abstich ihres zirkels nur zur seite des blicks ein abstrich

der langsam im bogen abwärts führt und in intervallen
den schnee streift · lichter die aus der dämmerung ragen
wie sonden auf einem lawinenfeld · die zweigestrichenen
achtel der kartoffelstauden über der zwischenzeile der schiene

auf den mit den nägeln aus dem frost gekratzten äckern
in der stummen masse land und seinem gewalzten metall
bleibt die fahrt die spiegelung dieses fensters · der vorhang
flattert über das gesträuch und die schiefen erlen des damms

durch den schorf der wiesen die mit der kante des arms
von den hängen geschoben werden an den blechschildern
vorbei die jeden kilometer über den paß einer milderen
jahreszeit angeben · kirchstetten · und hinter dem geleisstrang

audens haus · vor den leeren bänken steht im abschnitt b
der nächste zug 6 07 auf der anzeigentafel · schlaftrunken
wird hugerl oder bert drin sitzen einen plastikbecher kaffee
in der einen in der anderen gefaltet die paar hundert schilling

für einen fick · strich oder freier war ihm *wurscht* wenn
es bloß den abgrund nannte und auf dem senkrechten grün
jeden ton einzeln · dann jedoch sind es das vitriol der funken
an der keramik der generatorenspulen auf dem großen areal

dahinter und die notbeleuchtung des abteils die was real
ist zeigen · das kurze zucken eines muskels im galvanischen
bad des abends schwefelsäure auf den anatomischen bildern
einer begier · sie gebiert diese gefrorenen schollen widerwillig

erde bis zum ende der zäune und darüber hinaus den stamm
der bäume gegen den wind · eine erinnerung von gestreckten
fingern auf dem firn eines felds den mund naß bis zur wange
die schließmuskel der lider und zerborstene lippen voll zunge

den schlaf im schatten der lehne · und vor dem beschlagenen
fenster ist ein viadukt bis dort wo der morgen wieder beginnt
fächer von eis über dem fluß · güterwaggons block um block
voll schrott und geräusch auf den hall in einem tunnel gestimmt

der doppler-effekt von maschinen in einer der offenen minen
der nacht · für den frequenzbereich des ohres schlägt die nadel
auf dem blatt des winters nicht mehr aus atmet auch die lunge
in ihrem eisernen korsett nicht mehr ein · in der nächsten geraden

auf dem grat der schwellen die sich vorn ins dunkel grätschen
bleibt für einen fluchtpunkt lang im liegen nur die geschichte
der perspektive bestehen von keiner brechung des lichtes gestört
die darstellung der fläche in einem raum wo man nichts mehr hört

amstetten, 8. 11. 95

Daß wir (als Illusion der klassischen Physik) har te Konturen an den Din gen wahrnehmen, hat bereits mit dem Akt des Sehens zu tun: die Quan tenpartikel des Lichts hinterlassen einen Ab druck auf der Retina und umgekehrt. Das Gehirn löst dann die unbe stimmten Überlage rungszustände von Neu ronen (die ja auch nichts anderes sind, als Quan tenpartikel), schneller als es uns bewußt wird, auf. So ist etwas zu einer Zeit an einem bestimm tem Ort: weil wir die Welt immer ein wenig später sehen, erscheint sie uns real.

Korollarien

Korollarien I

die spiralen der
sperlinge · mit der
kante des flügels
schälen sie den
himmel in streifen
wie einen apfel

harlow, 29. 8. 96

Korollarien II

der fuchs ist ein stück glut
das der wind über den
weizen in den herbst bläst

eine egge für den regen ein
kamm für den wind und der
rechen für den mond ist es
und eine gemähte wiese

*

dafydds feld · der roggen
weiß in der nacht wie unter
einer schicht milch · sogar
die igel reden hier walisisch

die sonne rutscht vom dach
mit ihrem nackten arsch
voll roter striemen und

ich schlafe bis auf weiteres
auf der tenne des waldes
mit einem in der krone

strata florida, 26. 8. 96

KOROLLARIEN III

der mond ist
schwarz
und
innen
ein gedicht

*

und die nachtigallen
im regal
schlagen
solch einen krawall

tarrenz, 8. 7. 93

die kiefern aleppos die birken
weißrußlands und die zedern des
libanon

das alphabet
der bäume · soundsoviele blätter
an soundsovielen nachmittagen
sie zählen ein licht nach dem
anderen in den kerben der zweige
der keilschrift der nadeln auf
mergel löß und auf lehm

*

die rote thalie die tamarisken des
atlas und die tamarinden beider
indien

soundso
viele länder die an ihren wurzeln
hängen wie von welchen himmeln
herab und soundsoviele orte auf
der karte eines einzigen blattes an
dem sich der wind wieder einmal
zu schaffen macht

die astgabel der weichseln die
rinde der quitten und schnee auf
den erlen

und durch das
laub der umweg der drosseln
hinein ins gehölz dort wo sie um
vergorene beeren sich raufen um
dann dennoch im sturzflug wieder
abzusaufen

*

die eiche dodonas die weiden des
helikon und alle eiben

der anlaut
des atems auf der zunge der blätter
die wieder über werweißwasnoch
sprechen · im vertrauen gesagt
aber reden sie nicht gerade von
diesem und jedem

die tannen im harz die buchen
die buchen wie die federkiele der
fichten

mit
denen der wind sich ein licht
notiert nach dem anderen an
einem nachmittag für soundso
viele länder · dazwischen nur
manchmal ein x für eine amsel
und das ypsilon ihrer spur auf
der scherbe einer sonst so
dunklen erde

*

die kiefern aleppos die birken
weißrußlands und die zedern des
libanon

über den
wald führen nur die borkenkäfer
buch · die einzige sprache aber
der die bäume auch mächtig sind
schweigen sie auf einzelne zeilen
von flechten und moos · so
spricht halt jeder stamm nur vom
norden

landeck, 19. 3. 96

bis sich
die augen an dieses dunkel
gewöhnen · die lauge der nacht
die sterne und wie sie zischelnd
verlöschen

*

ein meteorit
wie ein streichholz schmal
angerissen am streif des hügels
doch kein geräusch von einem
aufschlag dann

ebensee, 10. 8. 96

Korollarien VI

in dieser kälte ist die
luft wie porzellan
und der himmel eine
schüssel · ein sprung
vom kirchturm bis
zum gipfel · ein riß
durch den die nacht
schaut bis die erde
zu sternen zerspringt

völs am schlern, 7. 4. 97

Tropen

Das *Simile* betont im Unterschied zur Metapher die perspektivische Willkür eines Vergleichs.

Eine Geschichte der Schrift I

fliegen auf den mit gelbem lehm verschmierten krabben
kakao und grüner kaffee ausgebreitet auf einem tuch
vor maniok und holzkohlensäcken unter den ständen
druckbuchstaben auf pappkartons schilder aus blech
und aufgekritzelte zeichen als satztypen für ein buch
von herausgerissenen seiten · eine fibel deren elende
grafik man in der französischen schule mit buntstiften
ausmalt und dazu die vokabeln lernt · die füße mit lappen
umwickelt das kind schlafend im arm verkauft das echte
sich doppelt · armbanduhren batterien und büstenhalter
ausschußware aufgefächert in bauchläden · aufschriften
für das kreolische einer handelsgrammatik die auch
noch aufgeklebte markennamen für ihr abc zu verwenden
versteht aber das rohe selbst nur stets knapp bezahlte
hühner in geflochtenen körben mangos tomaten lauch
die avenue de l'indépendance hinunter bis zum bahnhof
drängen die bauern an den brettergestellen vorbei
die spinnen der schirme bespannt mit weißem wollstoff
der um vier uhr nachmittags so grau wird wie der regen
in den schlaglöchern · dann stockt alles vor der bäckerei
und der lärm sackt ab auf die straße · jeder schrei
auf dem zoma wechselt worte laut gegen einen gehalt
dessen gegenwert die stapel und ballen festlegen
zerschlagene kisten und papier am dreckigen asphalt
eine handvoll eier für etwas aufgekochtes oder einen brei
bohnen · die sprache lebt von der hand in den mund
sie tauscht ihre brocken ein für milch und einen reisbund

antananarivo, 2. 12. 96

Über das Erhabene I

hagelkörner groß wie avocados vor den kinkina-bäumen
und aviavy · die früchte des nordostpassats in der heiligen
ecke des hauses · dort geht die türe zu den letzten räumen
der sonne und der fluchtweg gegenüber führt auf das dach
der könig jedoch verschlief die großen langweiligen
tage der zeremonie auf seinem hochbett im scharlach
seines brautgemachs unter den blauen blumen der tapeten
und träumte von der königin in england · mit der hand
zog er die victrola immer wieder auf und ließ die trompeten
die hymne nie ganz zu ende spielen damit ihr gesicht nicht
noch mehr altern würde · die majestät des teilnahmslosen
in walfischbeinernen röcken cul de paris und unterm gewand
die krinoline · der könig von madagaskar sah die erste pflicht
seines amtes darin ihren blick ertragen zu lernen · matrosen
hatten ihm ein klavier von der küste herauf geschleppt
der gouverneur ihm einen zylinder geschenkt der präzept
kam zweimal am tag um ihn lesen und schreiben zu lehren
und die handwerker bauten ihm die pförtnersloge
eines landsitzes in dorset nach · von jedem hörte er eine eloge
auf jesus christus und sein reich des geistes · er aber dachte
sich schon seit jahren einen brief an die königin victoria aus
was anderes betraf aber ahnte er daß dem nicht zu wehren
war · das gift kam mit den tellern aus porzellan ins haus
und einer der diener würde es sein der es am tablett brachte
man hatte es ihm zwar des öfteren gesagt doch er als könig
wußte daß sie nicht tot war nie sterben könnte · eintönig
vergingen so die tage · der wind läutete die blauen glocken
des jakaranda · die wolken stimmten mit an zu frohlocken

ambohimanga, 3. 12. 96

Die *Metalepse* setzt Früheres für Späteres, oder vertauscht Ursache und Wirkung; sie denkt sich rückwärts in der Zeit und bricht Kausalitäten auf, um abseits der Logik eine Welt zu entwerfen.

Eine Geschichte der Schrift II

die nußfeigen des aviavy sind bitter auf den ersten biß
und süß erst am schluß · am hügel hinter dem schloß
trocknet das blut der hähne aus dem geronnenen blau
in das violett des abendhimmels · ein tiefer riß
bis zu einem weißen ring · im hof hört der pfau
nicht auf mit der zunge auf seinen steinernen amboß
zu schlagen · schreie die sich von seinem zwinger
aus weit unter die bäume bohren · zwei riefen
die über den geschwollenen fels laufen · einen finger
breit die in den roten granit gescharrten glyphen:
anus und vagina · sieben mal mußte man einen kiesel
in diese kehlungen werfen um zu kindern zu kommen
ein zum stein gesprochenes gebet das vom geniesel
des regens wieder den hang hinunter in das meergrau
des laubs gewaschen wurde · zu nutz und frommen
kaute man an den kernen und rieb sich den saft
auf den bauch · der tiere und der engel herrschaft
war an die früchte gebunden die im dunkeln glommen

ambohimanga, 4. 12. 96

Die *Periphrase* um
schreibt oder verdeut
licht ein Wort durch
mehrere Begriffe in
einer Satzfigur: poeti
sche Definitionen, um
die Starrheit eines Be
griffs aufzubrechen.

Über das Erhabene II

zwei tage und nächte brannte die rosenholzsäule
im königspalast 40 meter hoch unter den prunkbauten
aus schwarzem palisander bis nur mehr die mauern
stehenblieben außen · vermutlich war es brandstiftung
die wut der vazimba aber alle nannten die fäule
des feuers bloß den fluch jener königin die den bauern
das credo der christen verboten hatte · es stauten
sich die wolken doch nicht einmal in den sturzschauern
gingen die flammen aus · die kirche ließ verlauten
daß sich eine schleichende und tiefgreifende vergiftung
des markes darin offenbare und gebot zu trauern
und die proselytenmacher sprachen von der anstiftung
zum glauben und beteten daß die winde wieder abflauten
seitdem zeigen die postkarten nur den blick aufs hilton
vor dem lac anosy und in dessen mitte ein denkmal
das an die regimenter madagaskars im 1. weltkrieg
erinnert und wie die blutenden wunden sich stillten
an der uferpromenade hält die sonne noch ihr abendmahl
während die skulptur auf ihrem hohen sockel den sieg
in ihre arme schließt · ein engel aus schwarzem stahl
der bloß flügel hat weil er auf einen scheiterhaufen stieg
und in diesem rostigen regen immer zu allem schwieg

antananarivo, 5. 12. 96

Das *Adynaton* ist eine Art irrealer Syllogismus; ein paradoxales Beispiel aus der Natur verdeutlicht, daß ein Ereignis niemals eintreten wird: »wenn die Wellen zu Ufern und Bergen schwellen . . .«

Eine Geschichte der Schrift III

wo der fluß über die felsplatten rinnt wächst das weiß
der blasen in den ocker der gischt · das überfressene grün
wo das wasser im rechteck der felder steht treibt den reis
heraus in den rauch der von den buschfeuern herzieht
am nachmittag dann kommen die gewitter und verbrühn
sich an den eukalypten · die hitze rodet sich ihr gebiet
und bäckt die lehmigen weiden zu klumpen aus laterit
die flammen färben das eisen an den graswurzeln rot
und spülen das ufer ins meer · auf den zu ton gebrannten
scherben schreibt sich der regen mit seinem sanskrit
ein und in den unregelmäßigen metren der winde loht
eine zeile um die andere aus der asche auf: die sibilanten
der erde · die zunge der wolken wölbt sich am gaumen
des abhangs und leckt an den baumstümpfen · das blau
einer mango frißt sich in die funken · der himmel skandiert
seinen brand er spricht satz um satz nach und der anbau
der bauern folgt diesem diktum: der hunger kultiviert
seine eigene sprache · um eine erste ernte anzuraumen
muß der dschungel auf die ebene niederbrennen
das feuer hält schritt mit der straße und dem lauf der bäche
und stanzt die äcker ins schwarz · von der luft aus erkennen
lassen sich grobe lettern wie linien einer handfläche

tamatavé, 6. 12. 97

Die *Hyperbel* übertreibt, um zu verfremden und um in den augenschein lichen Paradoxien un erwartete Sinnbezüge sichtbar zu machen. Der Schritt vom Erhabenen zum Lächerlichen ist dabei ein kleiner.

Über das Erhabene III

die havarie des regens um drei uhr nachmittags · das senkrecht
stürzende meer · und die fächer des ravenal wie schaufelräder
die sich leer durch die brandung wühlen · der wind radebrecht
noch seine kommandos in den zuckerrohrfeldern die überborden
vor schlamm · dann aber platzt hagel aus dem tiefbraunen geäder
der wolken und prallt ans fenster · am abend staut sich die hitze
und schlägt funken im zimmer während der zyklon dem norden
zusteuert · schimmel und blättriger kalk an der wand · ich schwitze
mit ausgebreiteten beinen das bier und die chinin-tabletten aus
schlucken fällt in dieser feuchtigkeit schwer der körper reglos
auf zerschlissenen laken · büschel roter lychees hängen vom haus
und knicken mit jeder bö · bilder eines verlorenen kontinents
gondwana bevor die schollen auseinanderdriften und die erde groß
unter dem himmel liegt · um in der eigenen starre mit der präsenz
dieser dinge und ihrer gewalt an ein ende zu kommen erfindet
die sprache sie zu geschichten: schiffbrüche und gefangenschaften
kapitäne insektensammler oder geographen mit ihren gerätschaften
die romantik des khaki · doch die apathie der regenzeit überwindet
solche heroischen gestalten · die nächte bleiben hier ohne sterne
die mücken lassen nicht ab · die einsamkeit frißt sich in den bauch
bloß der ravenal steht noch gegen den dschungel an · von ferne
ragt die silhouette seines signalarms über den hügel der auch
nichts als nur den eigenen namen zu telegraphieren vermag: der baum
der reisenden · die dürre sammelt das wasser im strauch · am saum
der blätter dort wo sie zum stamm vernarben wird er zur zisterne

brickaville, 7. 12. 96

Die *Metonymie* deutet ein Wort durch einen Begriff an, der mit ihm verbunden ist – ein Teil steht als Mosaikstein für das Ganze, der Zusam menhang für die Sache.

Physikalische Optik x

glas fließt · nach jahren stockt es unten am fensterrand
und verdickt · zwischen den scheiben ein paar fliegen
ein büschel hanf · der kitt rissig und grau · vom dock
aus geht der blick auf den atlantik wie auf eine wand
seit das fort steht rückt es zentimeter um zentimeter
von den beiden amerikas ab · mit dem ozean im block
verschoben im ewigen hoch des himmels · zum erliegen
kommt die dünung erst wenn sie sich an der mole staut
fische schnellen eine handbreit in den trägen wind
bis er erneut aus allen wolken fällt und nach salpeter
riecht · dann reißt das meer langsam aber ohne laut
und der glatte spiegel geht entzwei wie unterm schlag
eines fäustlings · von der bruchstelle laufen spalten
aus zersplittern und stoßen an den nächsten blinden
fleck · nichts was ein bild noch wiederzugeben vermag
die schwarze folie des meeresbodens wirft ihre falten
driftende kontinente und platten die wieder verlanden
in der tektonik des augenblicks · eine glasscherbe
die noch oben am rahmen hängt: schollen von erde
und leben das sich einzeln bildet in einem branden
an die leere · gattungen spezies und familien gekrallt
auf vollgesogene baumstämme · schlamm an den stelzen
der zugvögel · samenkapseln die in der strömung treiben
und unterirdisch setzen sich die gräben fort · basalte
und granit die aushärten bevor sie wieder schmelzen
das sediment von fleisch und blut · die linien bleiben
nicht sie ändern ihre zonen wie ein albatros die kontur
der flügel die farbe seines schnabels und das weiß
an seinem bauch · zeichnungen als symbol der kreatur
über der gekalkten brüstung zieht er seinen wendekreis
weit über die sonne während die welt sich wegdreht
über ihm · im feldstecher sieht man wie reglos er steht
fast in luft gegossen · der glühende quarz der wellen
der raum den er sich ausmißt gerad noch im hellen

st. helena, 24. 1. 1998

Physikalische Optik xi

luv · im landschatten greift die pirogge mit einem arm
flach in die dünung hinein · mit fünf schlägen am strand
der horizont die sehne am rücken einer gespreizten hand
ufer · algen und ihre knotenschrift · ein fliegenschwarm
am fleisch einer qualle · dahinter die hecklast der holken
als rostiges quartier für die dockarbeiter · ein frachtkahn
im hafen · sein lastkran hievt die nacht aus den wolken
und an den ästen des macadam wird sie zu blauem wachs
in das die sonne ein paar striche kratzt · ihr meridian
fällt in zeitlupe über die rissigen sparren des hoteldachs
dann die brandung · der reibelaut der wellen am sand
und das meer fließt hinaus über die erde und ihren rand

hotel générations, tamatavé, 8. 12. 97

Eine Geschichte der Berge

And what if to the human
mind's imaginings
silence and solitude
were vacancy?

P. B. Shelley,
Mont Blanc, 1816

Um den Felsen zu sprengen, wurden rings um große Bäume gefällt, und die Stämme, nach dem man die Äste abge hackt hatte, zu einem gewaltigen Scheiterhau fen geschichtet. Da der Wind günstig war, um das Feuer anzufachen, steckte man ihn in Brand und machte das glühende Gestein mür be. *Josias Simler, Die Al pen, 1574*

HANNIBAL – *MONT CENIS*

unter der oberen welt und fast herauf erhebt sich hier
das gebirge und verdunkelt den tag: schwellen
bis an das joch der sterne · aus der kuppel des himmels
heraus war eisen gebrochen schartige zacken
am grat des horizonts und das gewölbe schief an der erde
zu liegen gekommen: die engführung des bergs
50 000 reiter und 37 elefanten · sie blieben starr als hätten
sie das antlitz einer gorgo geschaut · die sonne
war nicht mehr am himmel · das schild der erde war leer

herbst 218 v. chr.

Dann wandte ich den Strahl des Auges nach der italienischen Seite, wohin sich die Seele am meisten neigt: starr und schneebedeckt und ganz in meiner Nähe erschienen mir die Alpen, durch welche einst jener wildeste Feind des römischen Namens sich einen Durchgang bahnte und, wenn der Sage zu glauben ist, mit Essig Felsen sprengte. *Brief an Dionigi da Borgo S. Sepolcro*

Petrarca – *Mont Ventoux*

I

ich geriet zur tiefe ab auf leichten und langen wegen
talaufwärts steigend · die sonne neigte

sich in ihrem schatten wuchs der hang aber ich kam
schließlich dort an wo der himmel richtung zeigte
und hielt rast im wind · in meinem bregen

pochte das blut und schmerzte und die lunge nahm
keine luft mehr auf als ob der muskel lahm

geworden wäre · ohne die kraft zu widerstehen zieht
das erhabene den körper in seinen bann und betäubt
die seele · das verborgene in uns sträubt

sich jedoch so den berg zu denken · entweder es flieht
in ehrfurchtsvolles staunen und kniet
dann vor sich selbst oder aber es lehnt

sich auf dagegen und sucht sein maß im unvermögen
hatte ich mir in der höhe gott ersehnt
fand ich ihn bloß auf meinen eng beschriebnen bögen

Ich wandte mich rückwärts und schaute nach Westen. Jener Grenzwall zwischen Frankreich und Spanien, die Gipfel der Pyrenäen, ist von dort aus nicht zu sehen – nicht, als ob ein fremder Gegenstand dazwischen stünde, sondern nur ob der Unzulänglichkeit des Auges. *Brief an Dionigi da Borgo S. Sepolcro*

II

am scheitel war eine schmale ebene und ich schaute
zurück nach unten · wolken lagen starr

abgründen zu füßen wie um sich an einem schauspiel
zu ereiteln und wo westen war griff die sonne bizarr
ins leere als ob das auge sich nicht traute

so weit zu sehen · dieser gipfel war ende mir und ziel
des lebens · ich liebte was nicht gefiel

nur um zu lieben · was ich wünschte lernte ich hassen
äußerst widerwillig und verwirrt doch dadurch entdeckte
ich das wovor es mich so schreckte:

das innere des ichs · dagegen hilft kein zur ader lassen
noch diese not in reimen abzufassen
da gehen die menschen um den lauf

der sterne zu bewundern die flüsse meere und ein gelber
schädel taucht als fels vor ihnen auf
und von der welt verlassen verlieren sie sich dabei selber

Und mein Blick fiel auf eine Stelle der »Bekenntnisse« des Augustinus, ein Buch, das ich immer bei mir trage.
Brief an Dionigi da Borgo S. Sepolcro

III

die landschaft sie brach ein in mich und ließ mich hohl
und krank zurück · spürt man den schwindel

soll man den bauch zur erde legen seine ganze existenz
auf einen stein gerichtet wie auf die spitze einer spindel
oder ein brennglas und seinen dunklen pol

so fällt der blick bloß auf die konturen eines fragments
und das sublime bewahrt seine lumineszenz

doch der himmel in all seiner stille ist nicht auszudenken
er bleibt für sich und das ich aus der natur herausgelöst
wenn sie sich dem auge vollständig entblößt

ich schleppte mich in eine müdigkeit die das nachdenken
von fluchtlinien vergißt im beschränken
rein nur auf das gehen · ich hörte das herz

der atem war an der kehle laut und diese zwei geräusche
überlagerten sich im kopf voll schmerz
daß es war als ob nur schweigen hinweg darüber täusche

26. 4. 1336

Im Alter von 46 Jahren bestieg Dante den Prato al Saglio im Apennin, später dann auch den Vulkan des Monte Epomeo auf Ischia, wo er die Nacht am Kraterrand verbrachte, um den Sonnenaufgang zu sehen.

DANTE – *PRATO AL SAGLIO*

die berge halten die erde im gleichgewicht
und die meere hintan · über mir war eine felsplatte
die sich leicht an der seite bewegen ließ · so bricht

und wird eine welle zurückgeworfen · glatte
hänge und ein schwalbennest · an den winkeln friert
der wind und beim atemholen immer dieser übersatte

mund voll angst die sich dann erst verliert
im gehen · geröll und schutt · der mittag eine schale
in der die steinschläge verhallen · die halde erodiert

schicht um schicht als würde das schmale
der zeit abgetragen von ihr · es ordnet den raum
der zu den fingern gestreckte arm seine diagonale

ist mir als leben gewiß · ein steig am saum
je steiler er wurde desto mehr schritt ich vor mir her
die augen am weg ausgerichtet · ein lärchenbaum

waagrecht in der luft · es war keine umkehr
bei jedem einzelnen tritt griff ich in einen schatten
den mir die sonne vorwarf · er wurde langsam schwer

im licht als wollte er mir den leib erstatten
von dem bloß die hände und zehenspitzen an den fels
geklammert reichen · der tag auf den grasmatten

oben riß lücken in der größe eines fontanells
er suchte halt im steinernen in dem andern angesicht
des tods · und er hatte die klarheit eines kalten quells

winter 1311

Das »Alpenglühen« beruht auf einer gewissen Illusion: unter dem Horizont des Beobachters vorbeiziehende Wolkenschichten können die Rotfärbung der Dämmerung unterbrechen, sodaß der Eindruck entsteht, die Sonne wäre bereits untergegangen. Brechen ihre Strahlen durch Wolkenlücken hervor, leuchten die Berge ebenso plötzlich auf, wie sie dann auch wieder verdunkelt werden. Durch die im Purpurlicht Schatten werfenden Wolken oder Berge, kann es zur Erscheinung von Strahlenfächern kommen, die sich quer über den Zenith mit der Gegendämmerung vereinigen.

Wildspitze

mit der sinkenden sonne geht die farbe
des firns vom gelb über ins glühen zur schneide
gedrängt vom aufsteigenden schatten · die narbe

des abends die sich über dem eingeweide
der erde erst schließt wenn das licht diesen rand
mit seiner klinge ausbrennt · stumpf wie kreide

breitet die kälte sich unter dem felsband
aus · auf den schlacken des schnees glimmt sie
im dunkeln noch einmal auf und der wundbrand

der nacht beginnt · als wäre diese agonie
nie wirklich gewesen: die stille · dann kippt alles
wieder zurück in den grauton einer photographie

die abstufungen eines einzigen intervalles
von zeit · die ärmel streifen am anorak · die hände
verschrammt · kauernd · der laut eines windfalls

wie vor einem hörsturz · die winterwende
man hält nicht lange aus am gipfel · es ist als wäre
da ein anderer körper und das licht ohne ein ende

die gegendämmerung hält in der schwere
des erdschattens noch aus die strahlen nun zur garbe
gebündelt: den tropen einer inszenierten atmosphäre

wildspitze, 26. 2. 98

Unabhängig vom eigent lichen Profil, erscheint vom Gipfel eines Berges aus gesehen der Schatten immer als Dreieck. Der Grund dafür ist die Per spektive, die alle Kontu ren einebnet und die Li nien sich in dem der Sonne gegenüberliegen den Punkt schneiden läßt.

Graukogel

das kar · windholz auf dem jährigen schnee dürr und
zerstückelt · borstgras · in der leere die einem einsturz
vorausgeht raffen die wolken das gebirge zusammen
und die sonne zeichnet die schatten um in die fallinien
der nacht · jeder schritt weiter auf diesen tafeln zielt
auf eine mitte · aber das auge täuscht sich über fernen
abstand und höhe · was in der faltung des horizonts
sichtbar wird ist tage unbestimmt weit weg · das fenster
der tauern · heller hin zum rand des lichts geht die staffel
des massivs auf ins grau gestreuter bänder · glimmernde
linsen überschoben und dann verworfen und blenden
in einem kambrium von grüngestein · die tiefe die darin
langsam eindrang und erstarrte · relikte eines inselbogens
und ein flaches meer das nach und nach austrocknete
zum schelf und salz aus den rauhwacken löst · kristalline
formen bis in die achtecke des fossilen planktons und
das leben das sich auf den flächen festsetzt · ein kühler
wind fällt von der kante auf die gletscherzunge nieder
das skelett eines gebirges aus dessen fleisch die knochen
treten in einem geäderwerk von bächen · haut und
bauch · aber das hieße schon vom mensch zu sprechen:
die natur kennt keine schrift · spalten und risse lassen
bloß blindes am fels entziffern · erratisch grobe blöcke
und ein findling klafterweit von dem geröll einer moräne
weit oben an einem überhang reißt die kälte ihren keil
schroff in eine wand und die ausgesetzte spitze gleitet
ab viel zu langsam und unendlich stumm als könnte sich
die schöpfung mit einem mal in der verzögerung vollenden

habachtal, 13. 2. 98

Wenn man unterhalb des Gipfels der Kante des Bergschattens entlang sieht, folgt der Blick den Strahlen des Lichts, die den Schatten definieren. Die Schärfe der Linie ist bemerkenswert: der Halbschatten beträgt kaum ein halbes Grad. Befindet sich der Beob achter dagegen ein Stück weit im Schatten selbst, sieht er eine seitwärts nach oben gerichtete Spitze: den Kontrast des Lichts zum Körper des Schattens.

Die Bleichen Berge

geysire und gärender schlamm · jeder atemzug noch
vom schwefel erstickt · brodelnde lava die im inneren
träg an die hohlwände klatscht wie eine brandung
die sich an den klippen aufbaut · das amphitheater
des typhoeus · vom kraterrand nur schwelende riefen
und im dunkeln ein feuerregen von quarz und porphyr
dann dürre · aus dem schnürboden der nacht wird
die nächste landschaft gelassen · strauchwerk auf
einer angedeuteten wüste ein ausgetrocknetes bachbett
der himmel wie flüssiges blei im rachen der berge
und im vordergrund eine schicht versteinerter schnecken:
das namenlose ist immer griechisch – bellerophon elend
und lahm der auf dieser ebene herumirrt bis zum ende
der ouvertüre · das meer tut sich auf wie ein vorhang
korallen und seeigel in scharlach gehalten die wellen
so warm wie blut · riffe in der lagune und muschelschalen
die sich ablagern zum weiß von felszacken: das bleiche
gebirge · dann der auftritt pangäas die ganzen erdteile
symbolisch auf ihren umhang gemalt · bei jeder pirouette
ein wenig mehr an nacktem das sich unter den falten
zeigt · und wieder kulissenwechsel · überschobene
becken aufgestellt und zerrissen und auf die heutige lage
gehoben · eine schwere die alles zu marmor verwandelt
der schlern ein eisblock von dem die sonne ihre stücke
abschlägt · dann der tenor auf dem weg nach verona
dieudonné sylvain guy tancrède de gratet de dolomieu
der am rande der damaligen poststraße einen pflasterstein
findet den man später nach ihm benennt · das jahr war das
der französischen revolution die theorie der erde eine oper
von feuer und wasser · höhlen brachen ein unter der kruste
eine sturzflut ergoß sich daraus die dem äquator zufloß
und die welt ruhte wieder auf ihren eigenen trümmern
ihren ursprung hatte man schon mit einem sonntag
berechnet den 23. oktober v. chr. 4004 · der mensch kam
nach gott · und mit ihm die einheit von handlung und zeit

völs am schlern, 7. 4. 97

[illegible]

ZWEITES STÜCK

Eine Geschichte der Schrift

’Alf		Rind
Bēt		Haus
Geml		Kamel
Delt		Tür
Wau		Haken Nagel
Zai		Olive (?) Waffe (?)
Hēt		
THēt		
Yōd		Hand
Kaf		Offene Hand
Lamd		Ochsen- stachel (?)
Mem		Wasser
Nūn		Fisch Schlange
Semk		
’AIn		Auge
Pē		Mund
Rōsh		Kopf
SHin		Zahn
Tau		Zeichen

Da sich die Griechen bewußt waren, daß sie die Schrift von den Phö nizern übernommen hatten, machten sie nicht einen Gott, son dern einen Menschen zu ihrem Erfinder: Palame des, der aus dem Zug der Vögel die ersten Buchstaben herauslas.

Eine Geschichte der Schrift IV

der strich des fulgurits · ein limonit und
seine kugel · das kreuz des hematits im
angewehten sand unter den roten
zeilen des gneis: die chiffren und ihre
körper · die sehne die sich an deiner
achsel spannt und das büschel haare wie
tamariskennadeln die der wind verstreut hat
schwarz und blau: diese zeichen und
formen alle · der mund auf einen stein
gepreßt der sie in die leere sagt · ein
alphabet ohne vokale · kreise linien und
punkte in den fels geritzt · die gravur
zufälliger konturen und zwei dreiecke
spitze an spitze · dazwischen der umriß
einer frau und die handvoll wasser die
die farben wieder hervorbringt · es ist
kühl unter diesem überhang in der höhle
einer sonne · dort ist das land und das
was einmal fluß war · der erste buch
stabe der zug der kraniche in den süden
ihr schmales V in richtung des himmels

wadi teshuinat, 13. 1. 96

Anfang dieses Jahrhunderts machte Flinders Petrie Grabungen in den alten Türkisminen am Sinai und fand ein Sphinx, die auf 1500 v. Chr. datiert wird. Auf einer Seite sind Hieroglyphen zu lesen, auf der anderen eine Schrift, die das erste bekannte Alphabet darstellt, das auch Vokale enthält. Die Buchstaben dieser Sinai Schrift sind als Piktogramme gezeichnet, von denen jedes ursprünglich eine eigene Bedeutung hatte. *Aleph*, in Form eines Stierschädels, hieß »Ochse«, das quadratische hieß *beth* »Haus«, eine Wellenlinie stand für »Wasser«, und soweiter. Die Inschrift selbst ist an eine Göttin gerichtet: *Geliebte des Hathor, Herrin des Türkis.*

Die Erfindung des Alphabets I

der erste laut war das schnauben eines ochsen
ein maulvoll dampf und die brüllend rote zunge
wie eine brandmarke auf der flanke · ich zog

einen graben rund um ein haus aus pfählen
und fell gegen die wolken wenn sie an die berge
prallen und hinab in die ebene rollen · ich bog

mir äste zurecht zu stöcken pfropfen und zäunen
sie waren der sprache die ich vor mir her sage
nahe · den splittern und zähnen aus holz · ich wog

die erde brach mir aus ihren muscheln die haken
und härtete zweige im feuer · es waren keine wege
sowenig wie dinge oder selbst so viel · ich zog

mit den flüssen · die finger wurden an den steinen
zur hand und bargen kerne · aus einer schlange
wurde ein fisch aus dem arm eine faust · ich sog

an der wunde und spuckte aus · von den zweien
war dies der andere laut und ich malte ein auge
für ihn und den mund wie ein joch · ich wog

dieses keuchen wie fleisch von einem ochsen
es stak ihm im maul und blutete seine zunge
ihm aus · ich trennte sie ab · worte die ich bog

mit beiden händen füllte sie aus wie einen leeren
schädel der sich reden hört selbst · diphtonge
die höhlung von zeichen · nichts als nur ein trog

serabit al-khadim, 20. 2. 95

Die Erfindung des Alphabets II

ihn ausbrennen den fels · das feuer ins fleisch
setzen bis es sich schwarz in die adern frißt
wir stickten den brand mit bloßen händen sagten

nicht ding und auch den namen nicht · mensch
war eine silbe · sie hatten wir in blöcke gefaßt
die wir aus dem härtling schlugen seinen falten

und decken und im offenen lagen · im tausch
mit der sonne trockneten wir holz · gepreßt
in die löcher wurden pflöcke daraus · so bauten

wir uns am ende den tag · so wurde er morsch
das grüne mark in den gruben verschleißt:
man kratzt bloß wurzeln heraus · wir tränkten

die keile mit essig · sie quollen auf wie frisch
gebrochener papyrus der den berg innen spleißt
das war das gezähe der gruben und wir holten

sprache brocken um brocken fast wie im rausch
zum stollenmundloch · göttern die man nicht heißt
körpern verwachsen aus vogel und hund dankten

wir mit unserem buckel · narbig wie ein erdfrosch
den nur regen aus seiner asche lockt · er frißt
sich satt · wir aber atmeten staub und meißelten

wort um wort ohne vokal · nichts als geräusch
aus dem tauben gestein · geliebte die du auch haßt
herrin des türkis und seiner schlacke von mitlauten

serabit al-khadim, 21. 2. 95

Zu den Funden, die man in Serabit al-Khadim machte, zählt auch eine Steintafel mit einer Weihinskription aus dem 19. Jahrhundert v. Chr. im Alphabet der Sinai Schrift: *Ich bin Hatsep sumos, Verwalter des Erz gesteins und des heiligen Bezirks, Schreiber der fronarbeitenden Leute auf dem Sinai. Sie hatten vermutet: Siehe, seine Seele ist verzweifelt, da hast du mich aus dem Nil(?) gegriffen, und ich habe mich auf jemanden gestützt, der mir Feind (oder Feindin?) war.*

Eine Geschichte der Schrift V

erst um die sonne kommen die farben
ocker · und das rot das man aus der
haut eines granatapfels gewinnt · gegen
vier uhr dann schließt sich canopus
im osten mit sirius und rigel zum
dreieck des sommers und den rechten
winkeln seines alphabets · ✙ ⟧ ⟦ ⦂ ∘ die
sonne · ✙ ⟦ ✙ die frau die es in den
feldspat kratzt · die zeichen sind so
groß wie zwischen zwei knöcheln und
der himmel dein arm wenn ich ihn über
den kopf lege · als sei die erde nah
und die nacht im mund ohne daß es zu
sagen war · ich tastete nach deinem
schlaf obwohl die finger nie wußten
wie · die zunge eng im schmalen spalt
der lippen · alles lag auf ihrer spitze

wadi takachori, 12. 1. 96

Eine Ahnung vom ur sprünglichen Charakter der phönizischen Schrift kultur geben heute noch die Zeichen des *tifinagh*, der Schrift der Berber und Touareg, die oft auch auf Felswänden ne ben dem Rot prähistori scher Malereien einge ritzt sind. In ihrer Geo metrie ähnelt sie den ver schiedenen Gesteinsfor men, die man in der Wü ste ausgeprägt findet, aber auch den Konstella tionen oder diesen Gra vuren.

Dämmerungserscheinungen

Gegen 4 Uhr morgens, wenn die Sonne noch etwa 20° unter dem Horizont ist, tritt eine schwache Erhellung am Nachthimmel auf und bildet ein langsam aufsteigendes, nur mit scharfen Augen wahrnehmbares Segment: es ist der Vordämmerungsschein, der merkwürdigerweise bereits dort auftaucht, wo die Sonne später aufgehen wird.

Eine Geschichte der Schrift VI

vor aufgang ist der wind ein irrläufer
von nordwesten gegen die nacht · ich
schreibe dir diesen brief von einem
haus aus salz · den ziegeln der etesien
die in den see brechen · so baue ich die
worte · als ob du bei mir wärst und die
braune decke auf dem bett dir ihre
falten über den schlaf die schulter
werfen würde · du richtest dich auf
gehst zur tür · unter den strünken und
palmen rinnt das wasser über die
gräben und der mond setzt einen
beistrich in einen tümpel seine sichel
zerkratzt bis aufs email und rußig wie
ein topf über dem feuer · davor dein
rücken und eine linie des lichts hoch
zum knie · an deinen sandalen war ein
riemen lose und zog spuren in den sand
wie ein kiel der zu den buchstaben
immer bloß ansetzt · und dann wieder

gabroon, 8. 1. 96

Bei den Persern hieß der Vordämmerungsschein *subhi kazib*, die »falsche« oder die »linke Hand der Dämmerung«, im Gegensatz zur »richtigen Dämmerung«. Die Griechen nannten ihn *lykophos*, nach dem Beinamen Apollons.

λυκοφωσ · so nannten die griechen
den wolfsschwanz eines falschen morgens
wenn er noch wie ein hund scharrt · nicht
einmal aufgewacht bist du dabei und doch
zeichnete deine hand etwas in den sand
ich gehe nicht mehr hinaus · das ufer
gleitet bei jedem schritt mit einem
rauschen in den see halte ich still ziehst
du mir im schlaf mit zunge und finger das
alphabet auf den bauch · der mund ein
omega das lambda der schwanz · du
sprichst es die laken lieber über den kopf
gezogen was da eben steht · der himmel
hat etwas vom schwarz unter den lidern
zum tag wächst er sich aus · es ist bloß
ein anderer ausdruck für die beuge der
schulter die grube am hals und daß mein
arm nur soweit reicht um das *υ* am ansatz
der brüste zu lesen · als wären sie nacht

gabroon, 10. 1. 96

Das Blauschwarz des Himmels in der südli chen Hälfte ist tiefer als in der nördlichen; wenn man vom Zenith auf den Horizont blickt, sieht man eine schwache Er hellung nach allen Sei ten für die Dauer der ganzen Nacht, ein allge meines »Erdlicht«, das auch als »Sternlicht saum« bezeichnet wird. Im Norden ist es von einem flachen, segment förmigen Schein über deckt, dessen Begren zung der »Nachtdäm merungsbogen« bildet.

Dämmerungserscheinungen I

ein kohlrabe · ein einzelner punkt in der
kalligraphie dieses windes · und ein stein
den man in eine schale wasser wirft zum
zeichen daß es zeit zum aufbruch ist
die sichel des barchans war ein langer
abhang in die nacht · grat an grat und
dahinter der schaft und die lanze des
lichts · die dämmerung mit ihrer linken
hand · mit der rechten wärmte ich dir die
wange und mir die finger dann im mund
wo wir gelegen hatten war die spur der
finger einzeln der abdruck des kopfes ein
fittich und das haar · ein vogel der auf
diesem kamm nie niedergehen würde und
doch mit flügeln schlug · ein kolkrabe

gabroon, 9. 1. 96

Manchmal kann gegen 5
Uhr in einiger Höhe über
dem Sonnenpunkt das
»Vorpurpurlicht« einset
zen, eine schimmernde
Fläche, die schnell ein
Maximum an Leucht
kraft erreicht und dann
zusammenfällt. Danach
schreitet der Erdschat
tenbogen aufwärts, die
Horizontstreifen wer
den immer gelblicher
und nur mehr eine
schmale, elliptische Par
tie um den Zenith herum
zeigt ein dunkleres Blau,
das man »Dunkelzen
trum« nennt.

Dämmerungserscheinungen II

der marmor der wolken · und dein kopf
aus dem dunkel gehauen mit schmalen
strengen gesten · die strähnen gerafft im
nacken die augen wie der schatten von
eukalyptusblättern die auf den stuhl
dort an der mauer fallen und die stirn
hell unter beiden händen · auf den fliesen
der terrasse hält die nacht still wie ein
insekt im spreiz der beine die zitternden
fühler aufgerichtet · vier fingerspann
über dem horizont liegt ein segment der
dämmerung · der bogen eines flügels der
sich schwarzblau mit dem wind schließt
und öffnet wieder · erdlicht · und nichts
mehr nun das sich berühren ließe · deine
lippen straff der geruch von kaltem holz
und die stille in der du dein hemd auf die
linke schulter ziehst · der morgen ist
etwas das über die hügelkuppe kommt
weit und unaufhörlich in indischem
rot · wir aßen orangen im dunkeln

vathi, 24. 8. 97

Nahe des Horizonts wird das Licht von der Luft gebrochen; das Bild der Sonne zerfällt dann in einzelne Schei ben, lotrecht unterein ander in den Spektral farben gestaffelt. Dunst eliminiert Blau und Gelb, so daß hauptsäch lich Grün und Rot üb rigbleiben. Bei Sonnen aufgang über dem Was ser ist deshalb gelegent lich ein grünes Blitzen sichtbar, daß sich über weniger als eine Bogen minute erstreckt und nur ein oder zwei Se kunden dauert.

DÄMMERUNGSERSCHEINUNGEN III

nautische dämmerung · unter der braue
der bäume die sepia des meeres und das
glimmen das aus der nacht und ihren
haarrissen sickert · mit der sonne fünf
zehn grad unten wird sie wieder zu fels
knochen und kalkschalen · das weiß in
deinen augen aus dem hafenbecken
getaucht · die hand an deinem knie der
stein der das netz unten am grund hält
ein korkschwimmer am äquator des
morgens während es den erdschatten an
die mole schwemmt voll schulpen und
kelp · die hunde haben sich endlich heiser
gekrächzt gegen den tag · wellen schälen
sich aus dem wasser · katzenpfoten
kreuz und quer auf einem laken · ein
finger in der mulde am kreuzbein und
nackt durch das haus aufs flache dach
wenn die sonne dort wo die dünung
ausläuft an ihren rand stößt flackert
alles kurz auf ins grüne · wie der
trockene funkenschlag eines feuerzeugs
admiral byrd sah dicses leuchten im
jahre 1927 im treibeis über eine halbe
stunde lang an den bruchschollen hängen

vathi, 25. 8. 97

Figuren

Figuren I

vom balkon aus sah man die corniche
nur wenn man sich auch über das
geländer beugte · die droschken vor
einem meer ausgebreitet wie ein tuch
ein einzelner tisch an einem ufer · an
alexandria habe ich bloß mehr die
erinnerung an die hohen spiegel im
rahmen der tür und du im rücken darin
die beine unter das kleid gezogen · im
mundwinkel rochst du nach milch
und ich mit einer rose zwischen den
zähnen dem glänzend schwarzen anzug
die hose weit über dem bauch und die
schuhe mit der gesprungenen sohle · es
fehlte nur noch ein schnurrbart und öl
für das haar und ich hätte mein bestes
getan so wie immer · doch das dunkel
begann an deinem nacken der straße
hier nach dem regen und den arkaden
und ich handelte mit allem was ich
hatte in der innenseite meines jackets

alexandria, hotel cecil 109, 1. 2. 96

mohnfelder zwischen den grauen mauern
durchbrochene gassen manchmal plätze
der schlaffe fittich der hitze · ihr schritt
über die lücke der steine · der linke fuß
vorgesetzt der rechte noch im begriff zu
folgen berührt bloß mit zehenspitzen die
erde · sohle und ferse fast schon im lot
der glanz ihres schreitens behende und
in sich ruhend zugleich · doch von woher
kommen die statuen · sie nähern sich nicht
sie kommen zurück und suchen heim · die
wiedergänger des augenblicks · einmal
vorüber ist das kleid angehoben über dem
knöchel in der hand eine kanne voll wasser
aglauros und ihre schwestern · unter den
pinien des vesuv die eidechsen die man
mit einer grasschlinge fängt · ich habe es
oft und oft geübt an ihrem kleinen finger

pompei, 15. 2. 98

Im Vatikanischen Muse
um steht ein Relieffrag
ment der drei Schwe
stern des Taus, Aglau
ros, Herse und Pandro
sos. Sie verkörpern den
attischen Brauch, im
Mittsommer Tau in
Körben unter dem Voll
mond zu sammeln, weil
man ihn für seine Quelle
hielt. Bei dieser Gele
genheit verliebte sich
Hermes in Herse und
bot Aglauros Gold an,
damit sie ihm Zugang
zum Zimmer ihrer
Schwester verschaffte,
den sie ihm aber aus
Neid nicht gewährte. Im
Zorn verwandelte Her
mes die sitzende Aglau
ros in ein Steinbild.

In der Villa des Dio
medes fand man im Kel
ler, in der Asche des Ve
suvs, den Abdruck eines
Frauentorsos. Mit Gips
ausgegossen, wurde er
im späten 19. Jahrhun
dert zu einem bürger
lichen Kultobjekt, wie
die »Unbekannte aus der
Seine«, Gradiva oder die
Aglauriden.

staub und lava die die straßen decken wie
schnee · auf der stufe wie zum schlaf hin
gestreckt und doch kaum mehr atmend
ein torso und das hohl seiner form · hals
schulter und brust eines mädchens in die
kalte asche geprägt als bruchstücke einer
statue die in der glut zersprang · in dieser
starre wurde der körper zu einem leib aus
dem was keine namen in einer sprache hat
eine metonymie die zu stein geworden war
die tochter des diomedes · an ihrer spitze
teilt sich die tunika in zwei falten die arme
nackt bis zum rücken · wie eine muschel
im pompeijanischen rot der wellen und der
schimmer ihres gehäuses · weiß in einem
guß und so abwesend zugleich in der figur

pompei, 15. 2. 98

Figuren IV – *Gradiva*

diese kehlung in einer schwarzen schlacke
vom gips ausgegoßen · wie schminke auf
einem antlitz mit geschlossenen lidern
täuschung und tod · doch in den zügen
nichts von der verzerrung der angst nur
gleichmut der sich nicht fügen will · das
oliv der wange · der mund in den winkeln
spöttisch leicht herabgezogen · das purpur
seiner lippen im weißen rand der maske
und die klare linie des halses · was fehlt
ergänzt ein schatten halb als könnte er ihr
auch noch die arme geben um sich in ihm
zu halten · gradiva · das erhabene an ihr
ist die vollkommenheit mit der der tod den
körper an die asche preßt und schließlich
bloß mehr als etwas äußeres beläßt · bis in
die fingerkuppen und die agonie der brüste
ist dieses relief genau und schön und leer

pompei, 15. 2. 98

Figuren V

sogar die palmen sind hier nicht wahr
eine federboa über den weiß bemalten
stämmen und so melancholisch wie der
geiger und das blattgold der bar · rauch
schleppt sich vor dem fenster über das
dunkle grün und der nil spiegelt sich allein
im himmel · sonst nichts · nur eine hand
kante neben dem rand der felder aber
brennt der fels aus · auf der brüstung zwei
halbleere gläser in ihrer so ungleichen
genauigkeit von körpern · das N der beine
wenn du auf der seite liegst und den arm
zum bettrand streckst wie die glyphen auf
dem briefpapier · das profil eines tänzers
und das was schrift ist · die geometrischen
blüten des papyrus und die querstriche der
jalousien hier durch die sonne · bleibt nur
noch dich ausmalen mit zunge und mund

luxor, old winter palace, 6. 2. 96

DRITTES STÜCK

Werke und Tage

'Alf		Rind
Bēt		Haus
Geml		Kamel
Delt		Tür
Wau		Haken Nagel
Zai		Olive (?) Waffe (?)
Hēt		
THēt		
Yōd		Hand
Kaf		Offene Hand
Lamd		Ochsen- stachel (?)
Mem		Wasser
Nūn		Fisch Schlange
Semk		
'Ain		Auge
Pē		Mund
Rōsh		Kopf
SHin		Zahn
Tau		Zeichen

Als Hesiod nach seinem Wettstreit mit Homer das Orakel befragte und erfuhr, daß ihn der Tod im Hain des Nemeischen Zeus erwarten würde, hielt er sich fern vom Peloponnes, weil er glaubte, die Stadt Nemea dort wäre gemeint. Er ging mit Demodes, seinem Knecht nach Oenoe und blieb als Gast von Ampiphanes und Ganyctor: doch die Prophezeihung erfüllte sich, da der ganze Landstrich dort dem Nemeischen Zeus geweiht war. Seine Gastgeber verdächtigten ihn schließlich, ihre Schwester verführt zu haben. Sie töteten ihn und warfen ihn ins Meer; am dritten Tag jedoch brachten Delphine seinen Leichnam an Land, der in späterer Zeit von Oenoe nach Orchomenos überführt wurde. Eratosthenes jedoch erzählt, daß die Schwester der Genannten sich erhängt habe, weil sie von Hesiods Begleiter verführt worden wäre.

Der König von Euböa hörte ich hatte einen preis
ausgesetzt einen wettstreit in Chalkis zu dem auch
Homer geladen war · man hofierte und honorierte ihn

mit einem stammbaum der über Orpheus zurück bis
zu Apollon reichte – die fäule hatte er wohl seit diesen
tausend jahren angesetzt – blind war er ja bereits aber

ich nicht der mann an diesen stamm zu pissen wie ein hund:
mein vater war aus Kyme ein bauer das genügt · doch
mein gehöft stand vor dem ruin das land war

ausgebrannt und die brunnen dürr · kurz: ich ging hin · er hatte
für alles einen satz er brauchte bloß sich selber zu zitieren:
von den lippen ging es ihm als hätt er mühlsteine

wohl im mund und als wüßt er gar nicht was er sagte –
ihm gabens ja die götter ein · leeres stroh kann ich nicht
sagen – aber es war allzu glatt hatte weder grannen noch

ähren das zu dreschen gewesen wär · es kümmerte ihn
auch nicht ob worte oder korn und blut es war ihm alles
eines – deshalb klangen die maximen denn sofort gleich

soviel – wie soll ich sagen: heroischer · so wurd er denn gefragt:
Homer · göttlicher · du sohn des Meles und so weiter
sag uns: was ist das beste für den menschen?

Für den menschen auf der erde ist es besser wenn er nie geboren wird
– doch ist er einmal dann am leben ist es für ihn klüger
so schnell er kann durch des Hades tor zu gehen

Sie applaudierten nannten es geflügelt ja sogar golden –
ich aber fragte was denn damit gesagt sei übers leben?
daß es andere für uns leben sollten – den achillesschild

als egge und das trojanische pferd um ein gespann am felde
anzuführen? den wettgesang hatte sich der könig so gedacht
daß einer den vers begänne der andere ihn dann vollende

daß sich das genie bekenne · wir tatens und gingen den ganzen
kanon durch · auch ich kannte meinen Homer sozusagen
nicht was ich nicht ebensogut auch selber wußte

Dann ging es darum einen eigenen vers aufzusagen – den besten –
und Homer begann mit irgendeiner stelle aus seiner *Ilias*
und wieder applaudierten sie nannten es geflügelt

ja sogar golden · ein gemälde dem der preis gebühre
ob soviel heldentum · der könig aber sprach den kranz
mir zu · er gab den vorzug jenem der nicht nur schlacht

und krieg verherrlichte sondern die mühsal eines lebens
das sich nach werken und tagen rechnete den tagewerken
wie sie mir die Musen gaben · durch sie allein habe ich

zeugnis abgelegt für die namenlosen für all jene ohne ruhm und
ansehn die mit krummen buckel gerader stehen als Homers
helden · Demodes du warst dabei – nicht wahr du

stehst mir ein als zeuge: den dreifuß den ich gewann weihte ich
den Musen – wie auch mein gesang nur von ihnen spricht
von dem was sie mir sagten durch stein und eiche

AN DEN göttern liegts daß sie verborgen halten was uns
am leben hält allein · wärs anders würd ein tag genügen
um zu leben das jahr über all die felder brach zu lassen

die rinder und die esel frei und das kummet in den kamin
zu hängen · aber da Zeus uns ja nicht einmal das feuer gab
heißt es also: pflügen pflügen pflügen . . . · zuerst besorg

dir ein gehöft ein joch für deine ochsen und eine frau · kauf sie dir
noch unverheiratet damit sie das gespann antreibt und im haus
halt das gerät zum ackern säen und zum ernten

dein weib das hol dir wenn du dreißig bist – nicht früher und nicht
später · vier jahre sollte sie schon fruchtbar sein – im fünften
da heirat sie und nimm dir eine jungfrau und bring

ihr bei was du dir denkst · nimm eine aus der gegend aber
suche gut – die nachbarn lachen dich sonst aus · eine magere
läßt dich im winter frieren · und eine geizige dich rösten bei

lebendigem leibe – auch ohne feuer · und nun zum jahr:
vor dem monat Lenaion nimm dich in acht – dem schnee
dem eis und frost die töten wenn gegens land der Nord

anstürmt · von Thrakien wo die pferde grasen bläst er übers meer
schlägt es hoch fährt in die eichen und streckt sie nieder bis
wald und erde brüllen und vor schmerz die tiere

in der kälte zittern · trotz balg und zotten klemmen sie ans gemächt
den schwanz wie ein alter mann mit schiefen schultern –
bloß diesem jungen mädchen hat er nichts an

es weiß noch nichts von Aphrodite und bleibt im haus
es wäscht sich im zuber reibt sich die haut mit salböl
ein und legt sich dann zum schlafen zu dir auf deine bank

WENN NACH der nachtgleiche sechzig wintertage
vorüber sind steigt Arkturus morgens aus dem strom
des Okeanos und beginnt zu brennen daß die schwalben

ihn für die sonne halten: noch bevor sie kommt mußt du die reben
gehren · wenn die schnecken am halm hoch kriechen dann
mit der hacke weg vom wingert und scheuch

die knechte auf · gehen die Pleiaden endlich auf beginn zu pflügen
und säe wenn sie wieder untergehen · vierzig tag und nächte
sind sie unsichtbar zuvor bis sie das jahr soweit

gedreht haben daß du an ihnen die blätter deiner sichel
schleifen kannst – das gilt für die ebene und die meeresküsten
ebenso wie für die berge und die täler · um die saat zu säen

gehe nackt und nackt geh an deinen pflug und nackt
sei bei der mahd – nackt wie für deine magd · Sirius zeigt
dir den sommer an wenn die disteln blühen und aus ihren

fleischlosen flügeln die zikaden endlos ihre schrillen lieder schlagen
dann sind die geißen fett gut der wein die frauen voller
lust und die männer schwach · der hundsstern

trocknet ihnen kopf und glieder aus und dörrt die haut zu pergament
doch wenn die Pleiaden und Hyaden samt Orion untergehen
wird es wieder zeit zu pflügen · mit der saat

unter der erde endet das alte jahr und es endet gut doch
kalt · für das feuer – so sagt ich dir – muß man bezahlen
wie Prometheus damals: der preis das ist erde und das leben

das hunger nur gebärt die plagen und das übel · die kinder
kommen schon mit grauem haar zur welt fremd ist der vater
seinem kind und wir kinder ihm · die zeit ist eine eiserne und

gemacht nur für ein eisernes geschlecht · doch weil wirs nie waren
und nie werden pflügen wir uns bei tag den buckel krumm
und bei nacht siechen wir dahin und sterben

DEMODES DU warst dabei du stehst mir als zeuge ein: der dreifuß
den ich gewann weihte ich den Musen · wir ließen uns
aufs festland übersetzen und nach Delphi

gingen wir das orakel zu befragen: sie sagten vor dem
hain des nemeischen Zeus da hätt ich mich zu hüten · dort
würd der tod mich überkommen · so wanderten wir weiter

Wie oft habe ich dir gesagt daß man nicht wasser lassen
soll wenn man zur sonne steht außer noch bevor sie aufgeht
und daß man auf der reise nie nicht auf die straße pisst – so

erhören die götter die gebete nicht: sie spucken sie zurück · wie oft
auch hab ich gesagt daß man sich nicht zum feuer setzt
wenn man voll fut und samen von der liebe

kommt noch dazu wenn man mit seines gastgebers schwester schläft?
Und jetzt willst du ein pferd um von Oenoe nach Orchomenos
zu reiten – von Oneoe nach Orchomenos?

AUF DEM markt bin ich Demodes gewesen · du
hast mich dorthin geschickt um etwas wein und käs
zu kaufen · du sitzt bloß hier im schatten ißt bis du satt

bist und hältst dein gesicht dem norden hin · dreimal
schöpfst du das wasser aus der quelle für die götter und
als viertes opfer bietest du selbst dir den krug wein dar

Auf den markt hast du mich geschickt · und jetzt bin ich zurück
und sage dir: den tod hab ich gesehen auf dem markte
von Oenoe · und als er mich erblickte hat er

ein zeichen mir gemacht – deshalb will ich nun dein pferd um
von Oenoe so schnell als möglich fort zu reiten um so
Orchomenos noch abends zu erreichen

ICH GAB es ihm und ging selber zum markte
von Oenoe und ging dem tode zu und fragte ihn
aus welchem grund denn er meinem diener ein zeichen

gegeben habe · er aber sagte: kein zeichen
habe er gemacht er wäre nur sehr überrascht
gewesen ihn hier in Oenoe zu sehen wo er mit ihm doch

abends in Orchomenos eine verabredung habe · und dann wandte
er sich noch einmal um zu mir und meinte nebenbei: ich
würd doch bleiben? er hakte sich ein und

wir gingen über den markt mit seinen ständen voller fisch und
früchten und er sagte im vertrauen: auf see zu sterben
auf den wellen – das ist schrecklicher

landeck, mai 1996

VIERTES STÜCK

EINE GESCHICHTE DES LICHTS

’Alf	RIND
Bēt	HAUS
Geml	KAMEL
Delt	TÜR
Wau	HAKEN NAGEL
Zai	OLIVE (?) WAFFE (?)
Hēt	
THēt	
Yōd	HAND
Kaf	OFFENE HAND
Lamd	OCHSENSTACHEL (?)
Mem	WASSER
Nūn	FISCH SCHLANGE
Semk	
’AIn	AUGE
Pē	MUND
Rōsh	KOPF
SHin	ZAHN
Tau	ZEICHEN

Empedokles war der erste, der ausführliche Ansichten über das Licht formulierte, in denen er von *eidola* ausgeht, die von der Materie durch kleine Poren zwischen den Elementarteilchen, zugleich aber auch vom Strahl des Auges abgesondert werden; beide breiten sich mit »ungeheurer Geschwindigkeit zwischen der Erde und dem sie umgebenden Raum aus«.

EMPEDOKLES – *ELEMENTE*

I

aus den dingen geht das licht hervor unveränderlich
aus einem · der erstarrten glut des ätna den scherben

der lava und dem bims · es brennt aus seinen poren
und hohlen blasen und dringt durch unsere haut aus erde

und aus wind · muskeln die hart sind und verbrannt
riechen so nach rauch · ich schulterte die gefällte pinie

schleifte sie den hang hinunter zu dem haus in dem
der sommer schläft und da warst du die mir den becher

brachte das salz und brot · die borke schälte sich und
brach ins kalte harz der hitze die flirrend auf dem holz

lag durch das die axt sich biß · im weiß der augen sah
ich meinen körper bis zum hals das loch der sonne blau

dahinter und meinen hund hochhecheln zu ihr als ob ich
die gespreizten finger einer hand in einen trog voll asche

tauche · deine augen waren was wasser ist und feuer
auch · etwas das die nacht tief unter sich begräbt

II

ich war ein anderer früher · ein vogel ein busch
ein fliegender fisch · im sprung aus den wellen

in die luft schlug er wurzeln die spitzen versengt
von diesem licht · so ist es mit allem · die erde gräbt

man nicht mit dem spaten die glut hat keine hitze
das wasser netzt nichts · es sind bloß namen für etwas

das ohne form noch von substanz ist · es durchfließt
die adern am himmel und bleckt aus seiner öffnung

nur dieses flammen ist · in ihm wechselt farbe und
haut: ein salamander ein stück holz oder ein stein

das feuer strahlt von innen aus und der blick wird
wie ein finger · er fühlt und führt den schatten

der dinge zurück zur kerbe im schlitz seiner pupille
und das auge ist ein chamäleon aus dessen dunklem

mund eine zunge schnellt und über die lorbeerblätter
leckt · nur in der nacht sieht man die sonne so wie

sie auch wirklich ist · der bernstein einer weiten iris
ein tier das reglos aus den bäumen herüberstarrt

mitte des 5. jahrhundert v. chr.

Nach Plinius geht die
erste Skulptur auf Buta
des, einen Töpfer aus
Sicyon, zurück, und die
Erfindung der Malerei
auf seine Tochter, die
den Schatten ihres Ge
liebten als *eidolon* auf die
Wand malte, bevor die
ser fortging und fiel.
Der Vater machte dar
aus dann eine Tonfigur,
um seine Seele unsterb
lich werden zu lassen.

Plinius – *Die Tochter des Butades*

wie für die hand ein stein noch lange warm bleibt
selbst wenn der wind gewechselt hat und die nacht

bereits in meiner tür steht so hab ich dich geliebt
bleib mit diesem blick das bat ich ihn und zeichnete

sein gesicht dem schatten nach mit einer kohle
dort wo er auf die wand fiel oder rückte ich die lampe

ans bett heran und fuhr mit dem finger der linie
entlang bis meine kuppe weiß vor kalk war? küß mich

jetzt so lang wie dein kuß lebt küß mich bis mein
mund ganz ist · echo wandte sich von ihrem felsen ab

sie las uns nichts mehr von den lippen und wenn ich
dich umschlang hielt ich nur leere in den armen und

schlug mir mit den fäusten auf die brust · es war
mein vater der deinen schattenriß mit lehm ausfüllte

um dir den körper zurückzugeben · er brannte ihn
in seinem ofen und brachte das ebenbild zum schrein

der nymphen · bloß dem frosch so sagte er erlaubten
sie ewig zu singen doch dafür ist sein lied ein stummes

nicht wie deine stimme die lange noch im ohr bleibt
selbst wenn ich den wind nur höre und die türe schlägt

77 n. chr.

Lukrez übernahm die pythagoräischen Lehren Epikurs, der postuliert hatte, daß das, was wir wahrnehmen, dünne Filme sind, die sich von den Dingen ablösen – *effigies, figurae, imagines* oder *membranae*. Was diesen Prozeß in Gang setzte, war unklar; Lukrez dachte an »etwas«, das von der Sonne ausgestrahlt wird.

Lukrez – *De Rerum Natura*

I

wie wenn man zwischen den fingern ein lorbeerblatt
zerreibt und ihr geruch noch daran haftet die rinde

sich leicht von grünen zweigen schälen läßt die zikaden
im sommer ihren schmalen panzer abwerfen und

die schlangen sich häuten bis die zersplissenen streifen
auf den dornen hängen bleiben so lösen sich die bilder

vor unseren augen in feinen schichten von den dingen
ab zahllos und unablässig und werden mitgerissen

vom wind und sie sind es die ob im wachen oder gleich
im schlaf uns quälen wie der gedanke an eine seele

II

vom fluß strömt kälte aus · die hände die nach halt
suchten an den ausgewaschenen felsen berührten bloß

das grau · die härte aber die war innen · manchmal
kommt ein lächeln über dich und der mund verliert

das schroffe · als fände dein körper ein maß selbst
in deinen grünen augen nicht und nachts nicht einmal

ein abdruck am leintuch nur schmerz als simulakrum
einer leere · schenkel an schenkel um konturen zu erahnen

während das fleisch stets nur das eigene bleibt · gischt
spritzt von den wellen hoch und frißt sich in das ufer

stimmen werden weit getragen im wind und dem meer
entlang schmeckt man beim gehen salz auf seinen lippen

Das Rätsel, warum in einem Spiegel rechts und links vertauscht werden, erklärte Lukrez damit, daß die Simulakren sich von innen nach außen kehren, wie in einer Maske. Die eigentliche Lösung ist einfach: im Spiegelbild erscheint rechts und links verkehrt, weil wir uns erst umdrehen, bevor wir uns im Spiegel sehen.

III

man könnte denken diese formen schritten aus und
setzten ihren fuß auf zur gleichen zeit wie wir und sie

imitierten uns in den bewegungen wie auf einer bühne
die figur der götter unten · und da ist angst in ihrem

atmen daß etwas von innen sich nach außen wendet
wie eine gipsmaske die man noch bevor sie trocken ist

an eine säule schlägt · sie wahrt die züge doch die gewalt
drückt das gesicht zurück und das rechte auge wird

zum linken · das starren aus den leeren höhlen jedoch
bleibt · was blut ist schütten die roten sonnensegel aus

die sich mit haken und mit ösen in den wind spannen
und uns bis auf die haut mit ihrer farbe übergießen

IV

schau dieses blatt · es ist grün und an der innenseite rauh
doch was du siehst ist nicht das licht vielmehr dieser eine

strauch und auch wenn deine augen blinzeln ist es nicht
das licht das durch das fenster fällt sondern die sonne oder

staub im zimmer · selbst nachts ist es nur ein feuer das man
schon von weitem sieht · wo hat die sonne dann ihr holz her?

stell dir eine quelle vor: das wasser fließt unter einem hang
am berg zusammen so wie die hitze jeden sterns sich am fuß

des tages sammelt und als licht ausstrahlt · und doch darf
sie keinen namen tragen · sie muß einfach das sein was sie ist

vor 55 v. chr

Eine Geschichte der Perspektive

Die von Brunelleschi wiederentdeckte Kunst der Perspektive ist nichts anderes, als ein der möglichen Synekdochen des Raumes, ein *pars pro toto*, das von ihm abstrahiert. Sie vernachlässigt dabei, daß wir mit beiden Augen sehen, unser Blickfeld nicht die Spitze einer Sehpyramide, sondern sphärisch ist (weshalb es zu Verzerrungen auf der Fläche kommt), und unsere Wahrnehmung von der Netzhaut, ebenso wie vom Gehirn bestimmt wird. Sie negiert die Unterschiede zwischen vorne und hinten, rechts und links, den Körpern und ihrem Raum, um, wie Panofsky sagt, die Einzelteile in einem einzigen »Quantenkontinuum« zu integrieren.

Brunelleschi – *Piazza del Duomo*

ich ließ leitern legen an das baptisterium vermaß
die felder im marmor der verkleidung und nahm
die höhen von den dächern in arabischen zahlen
ab um auf meinen abakus ein genaues panoram
zu stellen: in der mathematik und ihrem ebenmaß
steht das eine für das viele · um es so abzumalen
daß grund und aufriß sich in den raum einbinden
mußte ich zum behelf jene sehpyramide finden
die im strahlengang des auges liegt · ich übertrug
die winkel auf eine tafel kolorierte diese miniatur
und wie ichs in meiner zunft gelernt hab schlug
ich blattsilber aufs gemälde für den himmel – nur:
beim ersten blick schien das bild am rand verzerrt
weil es seine fläche ist die die runden augen närrt
wenn mans nicht vom schnittpunkt aus betrachtet
also bohrte ich ein loch ins holz (groß wie ein dukat
von hinten eine kleine linse vorn) und hieß die leute
einen spiegel in die hand zu nehmen: das duplikat
ersetzte nun die welt · einmal dann für gut erachtet
obwohl keiner das experiment recht glaubte erfreute
es die menge ungemein daß sie ganz kindisch wurde
hätt ich sie vielleicht belehren sollen daß das absurde
an einem konterfei die idee ist: dic seines betrachters?
der horizont liegt stets auf der höhe des beobachters

florenz, um 1413

Der Begriff *perspettiva*, der sich auf die geometrische Konstruktion bezieht, ist eine Übersetzung des griechischen *optike* und bedeutet soviel wie »klar sehen«; gebräuchlich war neben den Begriffen *veduta per angelo* oder der »verkürzten Sicht« auch das Wort *prospettiva*, um die künstlerische Leistung zu betonen.

MASACCIO – *LA TRINITA*

ein nagel im kopf gottes · so ziehe ich gerade linien
in roten lehm getaucht klatscht die gespannte schnur
auf den frischen putz und spaltet die dreifaltigkeit
der flächen auf · meine lehrer nannten sie die confinien
der materie die den dingen eines gaben: endlichkeit
ihre solide schwere war eine grenze der die applikatur
von gold zur gänze half – sie sahen bloß den glanz
nicht jedoch die tiefe an den dingen · statt der masse
versuchte ich dafür ein maß zu finden eine korrektur
hin zu einem raum und stieß dabei nur auf: vakanz
löst man einen körper daraus ab bleibt eine apertur
die sich offen in die farben frißt · als wäre es skulptur
und ich der sie malen lernt und dabei eines unterlasse:
das bild · denn in diese wand hier schlage ich nur
etwas das wie ein fenster ist ohne es zu sein · der blick
in das universum eines auges · rosetten eine arkade
die taube die aus den paneelen fällt wie eine koloratur
in dieser unendlich geschlossenen welt auf der fassade
die vedute eines verborgenen engels dessen geschick
es ist von einer pyramide alles zu betrachten · ihre spitze
hab ich auf fünfzehn armlängen gesetzt damit die figur
des kreuzes seine sehnsucht werde: jetzt in dieser skizze

santa maria novella, florenz, 1427

Masaccio war der erste, der Brunelleschi's Perspektive konsequent auf die Malerei anwandte: im Fresko, das das Gleichnis des Zinsgroschens nach dem Matthäusevangelium illustriert, und dem *trompe l'oeil* einer hinter der Altarwand gemalten Kapelle für die Szene der Dreifaltigkeit, bei dessen darstellender Geometrie ihm Brunelleschi persönlich behilflich war. Beide Gemälde weichen dennoch von der mathematischen Strenge ab, um für das Auge zu kompensieren.

Masaccio – *Il Tributo*

die legitime konstruktion der engel beruhte auf dem irrtum
des geringeren · den sphären und göttlicher allmächtigkeit
entwachsen offenbarten sie sich als fluchtpunkte der natur
sie brachten ihre ferne zwischen die dinge und den mensch
eine leere die sie gleichgültig empfing und doch die körper
in sich aufhob im fensterlicht und seiner anderen ewigkeit
wie ein absichtsloses evangelium · unter den aposteln dort
das ist mein gesicht: die augen und wie ihre bläue absticht
aus der lebensgroßen allegorik die ihnen ihren blick verzeiht
die berge dahinter hab ich blaß gelassen an der kehre geht
der fluß über vom grün ins graue und dieser kontrast leiht
den gestalten jene nähe mit der ich sie von der vergangenheit
in die gegenwart erzähle · darüber aber ist die perspektive
außer kraft gesetzt und alle hände weisen hin auf eine zeit
die sich nicht nach einem goldenen schnitt auszirkeln läßt
die bäume legen eine eigene linie in die eisige grundierung
und petrus kniet am ufer nieder um dem fisch ins angelweit
gesperrte maul zu greifen · auch die malerei zollt so tribut
sie holt die farben aus dem rohen und streicht sie in den kalk
um die schemata der engel mit ein wenig leben auszufüllen
es ist kalt in der kapelle · nicht mehr lange und es schneit
von den gemalten kronen werden nur die kahlen äste bleiben

brancacci-kapelle, florenz, 1425

Michelangelo, um des
damals modischen Ori
ginalgenies willen, stritt
jede Beeinflußung durch
Vorgänger ab – mit Aus
nahme von Massacio,
dessen Fresken er viele
Monate lang kopiert hat
te. Von den pedantischen
Methoden, um die Pro
portionen korrekt zu
zeichnen, hielt er eben
falls wenig, was dazu
führte, daß ihm die Figu
ren in der ersten Hälfte
der Sixtinische Kapelle
etwas zu klein gerieten:
ein Kunstfehler, den er
für den Rest dann korri
gierte.

MICHELANGELO – *LA SISTINA*

als wäre mir der magen in den hals gerutscht
ist mir ein kropf gewachsen vor dieser plackerei
einen wie ihn die katzen kriegen in der lombardei
vom faulen wasser · hab wohl zu lang gelutscht
an diesen pinseln um die borsten anzuspitzen
damit die angerührten farben schneller oben sind
als der putz braucht um sie wieder auszuschwitzen
der bart gen himmel reibt sich der kopf den grind
am buckel wund die brust ist eher einer harpyie
als eines mannes würdig und wenn die farbenbrühe
vom karton heruntertropft amüsieren sich die putten
und pissen ungeniert auf meine eingeschlagene nase
um sich dann unter den heiligen und ihren kutten
zu verstecken und so zu tun als wär es meine blase
die ein wenig leckt · sie haben gar nicht unrecht
der schwanz sinkt mir in die wampe und schlecht
stehts auch um die verdauung · wie ich mich quäle –
bei jedem gang ists als sei mir das gedärm voll blei
wär ich nicht so verstopft mir würd bei der kletterei
hinunter in die apsis sicherlich auch noch die seele
zusammen mit dem ersten furz aus dem leibe fahren
von adam bis zu den anderen himmlischen titularen
ist es eine halbe ewigkeit wenn man nur auf brettern
liegt · ich nehme sie aber auch nur deswegen in kauf
weil ich die anderen fratzenmaler samt ihren vettern
vor die türe werfen kann – steigt einer zu mir hinauf
dann nur der papst · zu ghirlandaio habe ich gesagt
ich bräuchte seine perspektive nicht: wahre kunst
hat die proportion im auge und nicht bloß die gunst
und den geldbeutel irgendeines herren · doch genagt
hat der zweifel schon an mir · als endlich das gerüst
abgenommen wurde und die eine seite aufgedeckt
hätte ich die engel am liebsten auf den mund geküßt
doch die hatten inzwischen etwas anderes ausgeheckt
gott verdamme prostata ischias und mein zipperlein:
die äpfel im paradies hätten sollen einfach größer sein

rom, 1511

Fallhöhen

Die moderne Naturwis
senschaft beginnt mit
der Geschichte des Te
leskops. Erfunden wur
de es von einem hollän
dischen Brillenmacher
namens Hans Lippers
hey aus Middelburg.
Um das Jahr 1600 sollen
zwei Kinder mit den
Gläsern in seiner Werk
stätte gespielt und dabei
entdeckt haben, daß
zwei hintereinander ge
haltene Linsen den Wet
terhahn auf dem Kirch
turm vergrößerten. We
nige Jahre später wur
den bereits die ersten
primitiven Teleskope als
Spielzeug verkauft. Von
seinen Kollegen wegen
dieser »Brillen, die den
Kopf verwirren« ange
feindet, wurden Gali
leos Observationen erst
anerkannt, als sich Kep
ler zustimmend äußerte.

Galileo Galilei – *Avviso Astronomico*

vor zehn monaten etwa gelangte mir ein bericht zu ohr
ein brillenmacher habe ein instrument erfunden
das man so heißt es *holländischen koffer* nennt

nach einigen versuchen baute ich es nach: ein bleirohr
mit zwei linsen erst dann mein eigenes patent:
ein *perspicillum* zum noch näheren erkunden

und da diese gläser unendliche überraschung brachten
danke ich Gott dafür daß er mir gewährte
als erster mensch solche dinge zu betrachten

die er jahrhunderten zu offenbaren ganz verwehrte
ich richtete meinen apparat aufs firmament:
es war winter in padua und der himmel klar

und dann auf einmal nicht mehr – ein büschel trauben
war die milchstraße so hell daß man die kerne
in dieser kälte keimen sah und zirkumpolar

füllte sich diese leere als ränne most aus allen dauben
eines vollen fasses · ich löschte die windlaterne
doch wars nicht ein widerschein sondern wahr:

rund um den jupiter kreisten noch vier wandelsterne
sie liefen ihm bald vor bald nach wie dem wirt
in einer schenke doch sie holten ihn nicht ein

tief hab ich in die nacht geschaut wie in ein glas wein
und in den myriaden hat sich mein blick verirrt
bis ich gegen morgen auf dem mond die erde

aufgehen sah · ihr schatten brach auf seiner oberfläche
in schwarze grate und gebirge von denen bäche
in weite ebenen flossen als würden sie da herden

von tieren tränken – und die berge stiegen in das weiß
aus dunklen buchten lösten sie sich auf und an
und erstarrten ganz zu gipfeln im weiten kreis

ich zeigte dieses paradies marina und meinen kindern
die kunde ging von mund zu mund und rief
schließlich einen philosophen auf den plan –
doch hätt ich weder einen schlimmern noch blindern

dafür finden können: ich legte ihm in einem brief
die materie offen dar demnach (weniger bildhaltig
gesprochen) das universum an gestalt sehr mannigfaltig

und die trabanten voller löcher und protuberanzen
wären und lud ihn ein den blick darauf zu werfen
er aber konnte sich bloß hinter seiner theorie verschanzen

und sagte um seinen verstand zu schärfen
bräuchte es meines gerätes nicht: denn *primo*
wäre damit die astrologie seit jeher falsch da das horoskop

den einfluß meiner angeblich gesichteten planeten
nie berechnet hätte (eine undenkbarkeit) *secundo*
hätte aristoteles unleugbar bewiesen (und alle interpreten

stimmten darin überein) daß die himmelskörper
vollkommen kugelförmig wären – mein teleskop
würde daran auch nichts ändern: ich sollte doch die linsen

ein wenig glatter schleifen – und vor allem *tertio*:
der kosmos wäre in sich geschlossen (ein dörper
wie ich aber könnte das nicht wissen) und hätte ein ende

denn irgendwo müßte Gott ja wohnen – sonst fände
er unsere welt ja nicht (darüber mußte ich grinsen)
oder glaubte ich Er hätte die erde aus seiner manteltasche

irgendwann einmal einfach so verloren? asche
sollte ich mir aufs haupt streuen und ketzereien
solcher art bereuen zumindest aber im geheimen halten:

ich tat wie geheißen und verkaufte das fernrohr
dem dogen von venedig seinem artilleriecorps
damit sie die feinde der republik besser im aug behalten

sie stellten mich gleich für meine sterndeutereien
auf lebzeit ein und erhöhten mir dazu das gehalt
auf tausend dukaten · und ich dachte ich würde damit alt

padua, januar 1610

Der Legende zufolge soll Galilei während des Gottesdienstes im Dom von Pisa beim Anblick des vom Mesner ge schwungenen Bronze leuchters aufgefallen sein, daß die Dauer einer Pendelbewegung hin und her unabhängig von der Weite der Schwingung ist, was ihn zu abstrakten Überle gungen zum Fall von Körpern im Vakuum veranlaßte. Jahre später erinnerte er sich wieder daran, sah diesen Vor gang aber unter dem Gesichtspunkt, daß das Gewicht an einem Pen del seine Bewegung nicht beeinflußt. Das lö ste das aristotelische Problem, demnach schwere Körper schnel ler fallen müßten als leichte – was zur Frage geführt hatte, mit wel cher Geschwindigkeit ein Körper fällt, der mit einem leichteren ver bunden ist.

Galileo Galilei – *Discorsi e Dimostrazioni*

wenn der bischof auf der kanzel ans ende seiner predigt
fand holte der meßdiener aus daß der schwung
die myrrhekörner und kohlenbrocken entfachte

und der rauch auf die knarzenden kirchbänke sackte
die strümpfe spangen und brokaten gewänder
unter dem dunkel der apsis · bis zur wandlung

stieg er bis zu den fenstern als silberblende verewigt
in der lasierten marmorierung · der kalte atem
von mündern vor der eucharestie des prälaten

der sakristan schritt den gang hinab voll genugtuung
darob daß die aristokratie sich vor ihm beugte
und ihn aus den augenwinkeln scheel beäugte

ihn und seine lampe · ich aber sah das bronzebecken
in seinem gleichförmigen pendeln hin und her
immer für einen blick lang in der luft hängen –
wie eincn ausgesetzten schlag oder einen blinden fleck

wenn man ins feuer sieht: doch nicht schwingen
es hob sich hielt inne und fiel (so schien es eher)
mit dem rot der glut ins schwarz und mit ihm die hand

wie tief hing von der kette ab nicht vom gewicht
ob man den ausgemergelten mesner an sie band
oder den papst in rom: sie kämen beim jüngsten gericht

beide gleich schnell an – nicht die schwere
der körper zählte nur ihre fallhöhe ins leere
ich war jung damals keine dreißig und die sakramente

erteilte mir die stille · heute bin ich profaner:
man erlaubt mir diese meine meßexperimente
nur noch in gedanken mit kanonenkugeln nachzuahmen

pisa, um 1590 / padua, um 1622

Der Fall eines Steines vom Mast eines Schiffes wäre nach Aristoteles nicht vertikal, weil sich das Schiff inzwischen weiterbewegt. Galileo argumentierte dagegen bereits im Sinne Einsteins, daß die Fallinie für alle an Deck zwar gerade ist, für einen Beobachter an Land aber als Parabel sichtbar sein muß. Mit genauen Instrumenten hätte er jedoch entdeckt, daß die Fallinie auch am Schiff minimal vom Lot abweicht. Der Grund dafür liegt in der Drehung der Erde um ihre Achse.

Galileo Galilei – *Dialogo*

himmel erde und wind sind endlich gestillt und das meer
glatt wie glas · die segel gerefft legt ein salzschiff
vor der dogana an das kielwasser auf dem schliff

der wellen wie die spur die ein finger über einen spiegel
zieht · auf der rah ein matrose mit einer geteerten
ankerleine und dem ball den er in der hand wiegt

bevor er ihn zum poller wirft · er wartet auf die mole
die ihm träg entgegendriftet während der kahn
noch soviel fahrt macht daß die nadel der boussole

in ihrer flüssigkeit nachzittert · während alles stroman
auf ihn zutreibt befindet er sich in ruhe erfährt
die bewegung nur wer verharrt · die drehung
der erde hebt in ihrem spiegelbild beides auf und kehrt

es um · würde dem matrosen jetzt aber der ball
entgleiten folgte sein fallen genau der zirkelung:
bis zum aufprall am deck unter seinen füßen beschriebe

er fast einen bogen und wäre somit wie das all
teil eines kreisens um eine dämmernde sonne –
doch wenn sein fall vom kai betrachtet senkrecht bliebe

hieße dies die planeten ewig in gerader kolonne
ins unermeßliche fortzuschreiten und die welt
ohne ort sein weil ihn dort kein mittelpunkt mehr hält

venedig, um 1625

Die Schwerkraft war für Newton »eine Art sehr feiner Geist, der in der Substanz der Körper verborgen ist«. Die berühmte Anekdote mit dem Apfel spielt damit, ob sie sich auch bis zum Mond erstreckt – und was ihn denn dann dort oben hält.

Isaac Newton – *Principia*

es war ein dienstag · der weiß gestrichene tisch
und die stühle standen im rasen und ich saß
zum essen mit meinen stiefschwestern · es war warm

und wegen der pest die fakultät geschlossen · ein glas
wasser neben dem teller und der ausgelöste fisch
verursachten ekel mir: der dünne darm

das schwarz gestockte blut · wir sprachen belangloses
ihre münder sah ich lautlos sich bewegen
und hinter ihrem rücken so etwas wie einen flügel

bloß beschnitten an den rändern · ein absichtsloses
streifen fast als wollte ein engel ihre gedanken erwägen
dann fiel ein apfel plötzlich von seinem ast

und die welt war in sich aufgehoben · die hügel
das haus der zaun · kein anfang fand
mehr zum ende an vorbestimmter stelle – er widerstand

seinem natürlichen drang nach ordnung · eine last
lag auf den dingen und von ihrer masse ging eine schwere
aus die sie voneinander abstieß · ins ungefähre

woolsthorpe, 1666

Newton hielt die Farbe für eine Disposition der Dinge, bestimmte Strahlen besser zu reflektieren als andere; es gibt keine »gefärbten« Strahlen: sie rufen nur in uns diese Empfindungen hervor. Das Licht faßte er als Strom »unvorstellbar schneller und kleiner Korpuskeln« auf, sprach aber auch davon, daß es sich »wie ein Aal bewegt«, eine Zwiespältigkeit, die der heutigen Welle-Teilchen Dualität der Quanten nahekommt.

Isaac Newton – *Opticks*

ich habe mir die sonne in meine kammer mitgenommen
ich schnitt ein loch von einem halben zoll
in meinen fensterladen und paßte das prisma ein

auf der wand gegenüber sah ich sie erst bloß verglommen
dann splitterte die mauer wie ein regal voll
substanzen für den tag und seine alchemistereyn:

papier pottasche rotes blei und orpiment
indische beize quecksilber schwefelkupfer und gras
blaue blumen veilchen und wasserbläschen in allen farben

die blaue tinktur von spanischem holz die barben
von einem drachenfisch etwas auripigment
maulbeersaft und pfauenfedern – ich fand dafür kein maß

denn all dies blieb ungreifbar und äußerlich
die vibration von korpuskeln welche auf die retina prallen
und dort wie manche körper einen klang erzeugen

gleich den tönen einer skala: rot orange gelblich
grün blau indigo und violett – aus ihren intervallen
setzt sich das licht zusammen um dem auge sich zu beugen

cambridge, 1662

Einsteins *Allgemeine Relativitätstheorie* von 1915 hatte die Voraussage gemacht, daß das Licht von seinem angenommenen linearen Pfad von massiven Objekten abgelenkt wird. Observationen während einer Sonnenfinsternis sollten dies anhand der Hyaden verifizieren, während sie von der Sonne verdeckt wurden. Die Resultate wurden am 6. November 1919 bekannt gegeben und machten Einstein auf einen Schlag weltberühmt.

Albert Einstein – *Allgemeine Relativität*

für den 29. mai 1919 war eine sonnenfinsternis
vorhergesagt · man entsandte zwei expeditionen

teuer ausgerüstet mit künstlichen horizonten
stativen photographischen linsen und emulsionen

die eine auf principe irgendwo vor westafrika
die andere nach sobral / brasilien um das ereignis

zu observieren · eddington in seinem zimmer sah
termiten die türstöcke zernagen und wolkenfronten

sich stauen ohne abzuregnen · crommelin hörte
die insekten bis an bord seines packbootes hissen

im urwald aber keinen laut · auf principe bestand
die villa des gouverneurs aus büchern und der bar

im dorf brasiliens begannen sie blut zu pissen
und bekamen faustgroße geschwüre an der hand

auf der insel im atlantik die zu portugal gehörte
gab es eine leere kirche und einen purpurnen talar

in der stiege unterm glockenturm doch in sobral
hallten die schritte nachts auf der gestampften erde

zwischen den buden wider · eddingtons instrumente
gaben in der schwüle nach und das wolframmetall

begann zu rosten · crommelin sandte zwei dokumente
doch sein paket wurde fehlgeleitet nach cabo verde

als der tag auf der insel principe gekommen war
war das wetter schlecht · der sonne feiner schattenriß

war deutlich sichtbar in sobral und die silberionen
auf dem film ließen einen hellen punkt an ihrem rand

erkennen der bewies daß das licht eines sterns hinter
der sonne kraft der schwere von ihr abgelenkt werde

oxford, 6. 11. 1919

Am Anfang der Relativi
tätstheorie steht ein Ge
dankenexperiment, das
Einstein »Äquivalenz
prinzip« nannte. Stürzt
jemand vom Dach eines
Hauses und bricht zu
gleich ein Ziegel los, fal
len beide gleich schnell.
Aufeinander bezogen,
befinden sie sich dabei in
Ruhe; die Schwerkraft
scheint für sie durch ei
ne entgegengesetzte Be
schleunigung aufgeho
ben. Ohne ein Referenz
system ist es ja auch un
möglich, zu erkennen,
ob man in einem Fahr
stuhl schnell nach oben
fährt und den Druck
spürt, oder ob man frei
fällt.

ALBERT EINSTEIN – *SPEZIELLE RELATIVITÄT*

der kopfbahnhof der vorstadt · die baugerüste
vor den häusern · radfahrer und passanten · im speisewagen

auf der fahrt nach ulm war das bier billiger als wein
und die teller aus meißner porzellan · ich spürte es im magen

wenn die lok anfuhr und dachte an milevas brüste
der geruch wie von trocknenden hagebutten auf einem stein

es gibt keine bedeutung des gültigen für entfernung
noch für einen standpunkt · automobile und gehwege · jeder

glaubt an einen ort · als ich ein junge war sah ich
die gesichter in den waggons verzerrt wie in einem konvexen

spiegel die körper zurückgedrückt in das polsterleder
flach den zug unter dampfschwaden verkürzt: die zeichnung

eines fluchtpunktes aus dem lehrbuch · komplexen
sachverhalten gewann ich meine moral ab · unter dem strich

bleibt davon bloß der anstand zweier herren im abteil
und wie wir uns mißtrauisch mustern · die einzige konstante

ist das licht das die fassaden herunterwäscht steil
und unbeteiligt · jedes andere gerede über eine eigenschaft

fußt nur auf wahrscheinlichkeiten · an der bettkante
aufzuwachen neben ihr war leicht · aber etwas war vergebens

jemand der im fall begriffen ist spürt die schwerkraft
nicht · das war der glücklichste gedanke eines ganzen lebens

bern, 1905

In Bohrs Atommodell von 1905 kreisten die Elektronen wie Planeten um eine Sonne. Um 1925 aber mußte er dieses me chanistische Konzept aufgeben, weil es nicht mehr mit den Quanten sprüngen in Einklang ge bracht werden konnte. Um die Newtonschen Prinzipien dennoch auf das Atom übertragbar zu machen, postulierte er ein »Korrespondenzprin zip«: die Elektronenbah nen fallen, je weiter vom Kern sie entfernt sind, zusammen, und ihre Spektrallinien werden ununterscheidbar. Das macht sie rechnerisch zur Nahtstelle zwischen der klassischen und der modernen Physik.

NIELS BOHR – *KORRESPONDENZPRINZIP*

daß die atome der sonne und den planeten entsprächen
war aberglaube – mehr in den sternen zu sehen
als daß sie unter ihrem gewicht langsam verbrennen

draußen halsen die jollen an der wendeboje · ein blähen
von kalten segeln auf stehenden wellen · szenen

des sonntags wie die eiscremeverkäufer und die flächen
der markisen die im wind schlagen · das stete
gab ich für das beständige auf aber ich beharrte
auf anschaulichkeit · dazwischen kam das licht: es paarte

sich mit den dingen als wäre die porzellanglätte
des himmels erst für die finger tastbar · sommer hier

sind so · der raum löst sich in hitze auf und am geschirr
auf dem kaffeetisch erscheint das grinsen
einer cheshire-katze · was kann ich anderes als hinsehen

nur die fülle führt zur klarheit aber im abgrund liegt
die wahrheit · das paradoxe befreite mich von der fiktion
des beobachters den ein experiment bloß heiligt
weil es ihm den blick von außen bietet

unten promenieren mädchen · jung die augen wie pygmalion
oliven auf einem teller · jede geste die bittet

mund und hand zu sein · wenn ihr lächeln auf mich fällt
bin ich nichts als dieser mann auf dem balkon die besten jahre
über dem hosenbund · ihr starren

ist eine erinnerung daran daß wir auf irreduzible weise
teil der welt sind · jedem versuch sie wiederzugeben fehlt

etwas weil nichts uns aus den bildern rücken kann · weiße
servietten neben dem besteck · dann nachmittag:

es ist immer ein ich das wir sagt · licht und materie
die spektrallinien fern vom kern fallen

in einer kontur zusammen und lassen so den übertrag
in den gewohnten rahmen zu · die antinomie

von ganzen sätzen · den silben konsonanten und vokalen
drängte sich der vergleich mit elementaren
teilchen auf · doch es war nichts als ein beharren

auf berechenbares · es wird bald regnen · die möwen
zieht es zurück in ihr zirkeln uferlos vertieft
bis die wolken ihre kreidestriche von neuem löschen
in meiner sprache jedoch wichen die substantive

den verben · stell dir stattdessen einen bleistift
vor der mit seiner spitze auf dem nächsten wort balanciert

niemand kann sagen auf welche seite er dann fallen wird
quer über die bögen hier · nicht mit ihm wurden diese briefe
vollgeschrieben · als unterschrift nur eine glyphe

copenhagen, 1926

FÜNFTES STÜCK

ÜBER DAS ERHABENE

'A lf	RIND
B ēt	HAUS
G eml	KAMEL
D elt	TÜR
W au	HAKEN NAGEL
Z ai	OLIVE (?) WAFFE (?)
H ēt	
TH ēt	
Y ōd	HAND
K af	OFFENE HAND
L amd	OCHSEN-STACHEL (?)
M em	WASSER
N ūn	FISCH SCHLANGE
S emk	
'AI n	AUGE
P ē	MUND
R ōsh	KOPF
SH in	ZAHN
T au	ZEICHEN

Über das Erhabene V

beton und ossuarium gegen das licht
mit 21° photographiert · turbinen und ihre gehäuse

dort wo sich das aufgeforstete glacis voll moniereisen
backsteinen und drahtverhauen an der schleuse
des forts aufstaut · ein herzschrittmacher der sich

an der blutpumpe der schlachten langsam abnützt
bis die aura des sakralen durch die querkammer bricht
weil sie sich auf keine erinnerung mehr stützen
kann · die heraldik des krieges kennt nur artefakte

und die gleichnisse einer ballistik · geschoßbahnen
im vakuum unendlich ebene kurven und den so nackten
abstand von leitlinien und gefechtsbunkern

wie auf einer überdimensionalen lafette über den fahnen
am parkplatz richtet sich sein turm am himmel aus
und macht endlich front gegen ihn wie eine flak

die engel aber kümmerts nicht in welchem winkel
man sie anvisiert · der besucherstrom zum beinhaus
bringt noch immer nachschub auf der voie sacrée
und im sperrfeuer des windes fällt der feinkörnige schnee

und legt sich als film über die kanthölzer und zinken
der gräber · es bleiben 5 km von verdun nach regret

douaumont, 25. 3. 96

Über das Erhabene VI

quota 33 · manchmal schlagen die möwen
sich am bleiglas hinter dem altar die köpfe
ein weil sie das schmierige licht im gestöber
der sterne für gischt halten · von dem sakrarium

aus aber bei der gedenkmesse steht das meer
flach an die fenster wie in einem aquarium
die träge masse des märz wasser zäh wie teer

vor dem achteckigen bau eines leuchtturmes
der nie ein signal ausgesandt hat · die urnen
sind unsichtbar in der mauerdicke wo das murmeln
der ehrengarde wie ein echo irgendwo unten

auf die steine prallt · in dieser galerie der toten
liegt das erste regiment der jungen faschisten

mit den ariern und italienischen proletariern devot
im geiste vereint · sogar noch die vermissten
fielen um die unsterblichen werte die ewig junge idee
hochzuhalten wie nicht einmal zehn jahre

alte inschriften zeigen · die meisten marmorplatten
aber spiegeln sich leer · silberne relikte einer armee

und planquadrate der kälte · *raff. liturri, castellamare,*
serg. · vereinzelte namen an der wand
um ein leben das nie keinen staat machte zu bestatten
die trikoloren feierlich nach dem wind

gehängt · hier in der lee leistet niemand widerstand

tell el eyssa, el alamein, 2. 3. 96

CADUTI PER UNA IDEA
SENZA RIMPIANTI
ONORATI DAL RICORDO
DELLO STESSO NEMICO
ESSI ADDITANO
AGLI ITALIANI
NELLA BUONA E
NELLA AVVERSA
FORTUNA
IL CAMMINO DELL'
ONORE
E DELLA GLORIA

LONTANI
DALLA LORO PATRIA
COMBATTERONO
CON DIGNITA
E CON ONORE
CADDERO
PER TENERE ALTI
VALORI
CHE NON HANNO
CONFINI

MAGGIO 1985

(Italienischer Soldatenfriedhof in El Alamein)

ALLES NAHM HIER DER
TOD
NAME ALTER UND VOLK
NAHM JEDES IRDISCHE
MASS
MACHTE ES WESENLOS
EINES NUR BLIEB ALS
HELLER TON
IN DER DUNKLEN
LEGENDE
DIESES MASSLOSEN
KRIEGES
IN DER ENTGÖTTERTEN
WELT
WO IHR HIER STANDET
IM KAMPF
OB FEIND OB FREUND
ODER BRUDER
OB BEI DEN SÖHNEN
DEUTSCHLANDS
ITALIENS ENGLANDS
RITTERLICH WAR EURE
ART UND
MENSCHLICH HIER DAS
GESETZ
GOTT ALLEIN KENNT
EUCH ALLE
UND ER WEISS EURE
NAMEN
UND FÜGT SIE EIN
SEINER STRENGEN
UND WAHRHAFTIGEN
ORDNUNG
ER HÄLT IN HÄNDEN
DIE BITTE
DER LEBENDEN UND
DER TOTEN
UND DIE BITTE UM
FRIEDEN

*(Deutscher Soldatenfriedhof
in El Alamein)*

Über das Erhabene VII

es heißt zurecht: ein mortuarium wenn auch selten
die vokabel paßt nicht zu den paraphrasen
des krieges die das maßlose mit heiligem abgelten
seinen arkaden und sarkophagen

auf den säulen sitzen engel und tragen die fackeln
die das fleisch verbrennen das schlacken
von kalk nicht zerfraß · der tod ist die apostase

von 31 unbekannten soldaten
im tonnengewölbe · die katharsis einer ketzerei
ihre zwingburg gemäß den konkordaten
von *ritterlich war die art menschlich die gesetze*

jenseits der kantara-senke
und ihren salzsümpfen wie ein kastell del monte
soll es *glänzender taten ein eingedenken*

großer pläne und schließlich dem scheitern ein
sinnbild sein · der horizont
aber umkreist den wall und hungert die ecktürme
aus · er ist den toten eine eigene zitadelle

wo sie 12 meter über dem grund von hundegebell
driftendem sand und stürmen
belagert werden · nur dem himmel zu offen fällt
licht aus den steilen litzen der scharten
als würden sie auf eine andere ewigkeit warten

bir abd el gauwad, el alamein, 31. 1. 96

Über das Erhabene VIII

gott so hieß ein generalleutnant
der britischen armee · das XIII. korps am südflügel
der sich weit über das netz der karte spannt

wie eine wetterfront auf den vorhügeln
des el taqa-plateaus: die keilförmigen spitzen
eines kolkraben der seine fittiche auf den sand senkt

ohne in die luft zu gehen · die straße schwenkt
vor dem stacheldraht ab und die skizze
zeigt wo noch mehr sperren liegen

ein lkw führt zerborstene blöcke von den steinbrüchen
der kriegsgräber auf die rampe · ein schuttriegel
wie ein panzer auf diesem kargen stück

feld · wenn dann beim abladen
die minen in den abraum explodieren ziehen schwaden
von rauch aus flachen krypten

kleine kammern für den sturzregen wo das geschwader
der vögel nach aas sucht · wie engel in ägypten

naqb el khadim, 2. 2. 96

Gebirgsfront 1916–18

Für Kaspar Reich,
der an der Ortlerfront kämpfte,
aussiedelte und 25 Jahre lang
staatenlos blieb, weil er es ablehnte,
um die österreichische Staatsbürgerschaft
erst ansuchen zu müssen.

I Castel Dante

In su l'estremità d'un' alta ripa
che facevan gran pietre rotte in cerchio
venimmo sopra più crudele stipa
e quivi per l'orribile soperchio
del puzzo che il profondo abisso gitta
ci raccostamo dietro ad un coperchio
d' un grand avello ov' io vidi una scritta

Dante, Inferno, XI

Es schneite im märz schneite
im april
der mai war kalt es regnete
und es schneite im mai der frühling
hinkte hinterher und sackte
mit gekappten sehnen
bis zu den knien in den schnee
es schneite im april und im mai
und die jahre hingen zurück
um jahre

Feldwebel Stolic · *hab zu arbeiten!*
sagt er
und auf dem schreibtisch
ein glas wein
das nach reben riecht
und kirschen
Teroldego und Marzemino
braun und schwer
eine schaufel voll nasser erde
Marzemino · Teroldego
wie namen von göttern
und geschützen
auf den langen lindenholztischen
karaffen wein
frischem aber dunklem wein
der sich auf der zunge hält
und nicht im hals
gutem wein
billigem wein
wein aus den fässern
kann kein teutsch!
meint der wirt und lacht
und malt die zahlen
in die roten pfützen

Manche haben augen
augen so groß wie räder
sagt Stolic
und schwarz wie teer
wie die teerrollen der dachpappe
auf der baracke!
was bist du doch für ein esel!
schwarz wie die nacht
so sagt man
augen wie zwei kohlen
wo aber hat man so was
je gehört:
schwarz wie dachpappe!
hinter den läufen der kanonen
züge waggons voller soldaten
und die berge
und tage dauern nicht mehr

Borgo Valsugana und der 8. mai 16
die bewohner bleiben
leben im erdgeschoß schlafen
im mezzanin
unter den torgängen in der kantine
im hausflur und den lauben
türen und fenster voll sandsäcke
verbarrikadiert mit stahl
die auslagen der geschäfte voller sand und säcke
eisen und säcke voll sand
wie die brustwehr eines reduit
die querriegel der türen
hinter den rolläden ahnt man das gewicht
und die barrikaden · bloß in die kirche
gehen sie nicht mehr
zu ausgesetzt dem beschuß
am palmsonntag hats die rosette durchschlagen
die kinder spielen seitdem im toten winkel

VOR DER dämmerung
noch eine faustvoll soldaten
patrouille und wachablöse
der kaffee fertig und getrunken
das splittern genagelter schuhe
auf dem schotter
im osten der himmel
ein einziges gurgeln der vögel
soldaten in hemdsärmeln
handtücher über der schulter
ist zu früh zum reden
kalt ists
und schlagen die stiefel zusammen

AUF DER Etsch trieben flaschenposten
un patriota trentino
verschoben wärs · die truppen abgezogen
in der schweizer presse
ein artikel nach dem anderen
als geste guten willens
über die taktik dieses terrains
und die strategie der Österreicher
daß nie ein angriff ausginge von Trient

Barbara und Gudrun
um sie in stellung zu bringen
oben beim werk in Lusern
die serpentinen von Folgenreuth hinauf
durch die in den fels geschlagenen tunells
bauten sie ein replikat aus holz
und montierten es auf dem anhänger
12 meter bis zur zugmaschine
bei Wirti sanken die doppelten hartgummiräder
in matsch und schlamm bis zu den naben
die straße zwei armlängen breit
Gudrun im schnee
auf ihre plattform gezurrt
ihr torso ohne arme und beine
die Heilige Barbara
ihr abgeschlagen' haupt
und der marmorglanz ihrer haut
grau bis unters dünne eis
das sich bei jedem ruck in flächen schält
wie aber zurücksetzen und umdrehen
untergelegte brocken
trittsteine einer furt hinüber zu den fichten
aus denen die flieger kamen
vom abwind an die flanke gedrückt
drei tot und drei verletzt
und dann mit der haubitze im schlepp
kippte der zug
und das geschützrohr fiel ins tal
700 mann an zwölf seilen zogen sie hoch
Barbara und Gudrun
der militärkaplan wußte
daß ein maurer übergelaufen war
um die stellung zu verraten
doch die Italiener bombardierten nicht
weil keiner zwei heilige auf denselben berg bringt
außer in stücken
und den gezogenen lauf ihrer seelen

DORT WO wir den hang hinunterstiegen
war schutt und geröll
der bergrutsch der die Etsch
aufs andere ufer drückte
ein an diesem 15. mai
auf das land gebrochener gipfel
und von den zacken des randes
sah man die posten beim Castel Dante
lauf zum pass! schrie ich
und der boden bebte
hob sich und sackte ab
der berg ausgehöhlt am fuß
wie stauwasser
das über ein becken schwappt
und der hall einer anprallenden welle
am damm
rauschen das durch den fels und die föhren sickert
und die steine spaltet
kochend ausgeworfenes blut
ein strom der über ausgehobene gräben rinnt
und unten die 207te kompagnie
auf ihren pferden
wie ein zug zentauren
verwundungen kamen von gesteinssplittern
kaum von granaten

IM CASTEL Dante
wo die maschinengewehre konzentriert waren
sah ich den einschlag in die luft gehen
eine säule aus fleisch und stein
die sich aus dem himmel senkte
ein großes kaliber
sah es mit eigenen augen
ein bogen wie mit der hand
Tenente Zanchini
meinte noch am abend vorher
er hätte glück für die vorderste linie:
das werk wär armiert und aus beton
danach nur ein schlag auf die linke schulter
mit einem prügel
taub
ich spuckte blut und blut
spritzte über den waffenrock
bei der weißen flagge
um der ehre die wahrheit zu geben
zeigten sie sich human
es waren Rumänen

II Col Santo

Ricorditi lettor se mai nell'alpe
ti colse nebbia per la qual vedessi
non altrimenti che per pelle talpe
   come quando i vapori umidi e spessi
a diradar cominciansi la spera
del sol debilemente entra per essi
   e fia la tua imagine leggiera
in giugnere a veder com'io rividi
lo sole in pria che già nel corcar era

Dante, Purgatorio, XVII

Nur eine bröckelnde mauer
ein haufen steine
moosbeerstauden
noch kohlig vom schnee
und löcher
halbmetertief für die soldaten
die darin knieten
für die gipfelmesse
unter den zwei lafetten der 87B
der wind fror an die knochen
und verbrannte uns das gesicht
die granaten barsten entweder
am kamm oder flogen ins tal
wir hatten unsere zwei
auf den sporn gerichtet
ein dutzend schüsse
eine viertelstunde stille
dann wieder das *ta-pumm ta-pumm*
ein langsamer rosenkranz
unten dann stießen wir auf einen
der verdammten *cecchini*
einen Tiroler
mit verstümmelten beinen
zwei schienbeine aus holz
den sie mit der materialseilbahn
hochgekarrt hatten
er saß unter leeren milchdosen
voll mit gutem tabak
und munitionspaketen
jede nacht
schickten sie ihm
mit dem lastenaufzug
essen und bierkisten hinauf
und der krüppel
tat nichts anderes als nachladen
saugte an seiner pfeife
und soff das bier aus dem suppennapf
bis ihn eines morgens
ein irrläufer erwischte

DIE STANDSCHÜTZEN hatten nur feldkappen
aber keine helme
die order wurde ausgegeben
sie sich von den Italiern zu holen
für den kampf empfahl das AOK
das bajonett und handgranaten
verbot jedoch das *hurra*
eine frage der taktik
stille handstreiche
statt einem massenangriff
die Deutschen hielten sich nicht daran

NACH DREI stunden schrien sie
Savoyen! Savoyen! Savoyen!
und griffen an
kompagnie
an kompagnie
nebeneinander
wir hatten bloß auf die ersten reihen zu halten
sie rückten trotzdem
im gleichschritt vor
brüllend und schreiend
da sah ich daß sie betrunken waren
und ich wußte nicht was größer war:
mitleid
oder ekel
sie fielen wie schmeißfliegen
oder taumelten weiter
mit idiotischen gesten
nach einer halben stunde
zogen sie sich zurück
nur mehr eine haubitze kläffte
wie ein wachhund
und der schnee stob auf
und roch nach schnaps

Wir hatten den mauerwall im rücken
den weg bis zur mitte der straße
die sich hinunter ins tal zieht
und bis hier oben
gestank bei jedem schritt
Col Santo
ein höcker 2112 meter über dem meer
die bis zum fels ausgehobenen gräben
wie striemen
auf dem rücken aus gneis und granit
der sich hinunter zum wald bückt
den kopf gepresst in die erde
und die aureole des schnees
so früh am morgen

DONNERN ZERSPRENGTE den schlaf
tief in meinem schädel
daß ich auffuhr
unten lagen die weiden im nebel
und in diesem schwarz
war nichts zu unterscheiden
or discendiam quaggiù nel cieco mondo
ich lehnte mich an einen fels
damit mir die erste sonne
nicht in die augen stach
der posten drüben duckte sich
verschwand
und tauchte atemlos neben mir auf:
Tenente Ferrari!
dall vallone . . .
sono una compagnia . . .
forse più . . . *venga a vedere!*
es war ein ganzes battalion
sechs kilometer weit ausgeschwärmt
sie mußten in der nacht
in den tannenwäldchen
zusammengezogen worden sein
wir hielten drei stunden stand
ein kaporal
um ihnen nicht in die hände zu fallen
stürzte sich aus dem fenster
und fiel mitten in einen trupp
sie schlugen ihms gesicht
mit dem gewehrkolben ein

Bienenschwärme dick über dem gras
aber es war das wasser
am absturz des falls
aus dem tross lösten sich drei schatten
und packten ihn
den kleidern nach kommt er von drüben
sagten sie
sieht aus wie einer aus der stadt
und er wandte sich noch einmal um zu mir
die augen gelb vor angst
trieben sie ihn aufs minenfeld hinaus

Kote 1001
wir ließen die rucksäcke zurück
und stapften stumpf weiter
verfluchten das eigene schwere fleisch
das über die wurzeln stolperte
und keuchte
für jeden fußbreit weiter
während die seele keinen halt mehr fand
innen
losgerissen war
und doch wissen wollte
was weiß und dicht vor uns lag
beim nächsten atemzug
fällt sie in sich zusammen
und klumpt im bauch
im gestrüpp die hacken der stiefel
die vor uns
zwängen mit ihren schultern
die äste beiseite
die uns die tränen
aus den augen schlagen
in der furt durch den fluß
wurden unsere brotbeutel naß

ICH HATTE noch dreißig mann
wir zogen uns weiter zurück
seit dem 15. hatten wir nichts gegessen
jetzt war der 17. abends
ich fand ein eßgeschirr
mit dem gefrorenen rest einer suppe
auf der schwelle zu einer kaverne
und wischte mir die händ an den haaren ab
wir verbrachten auch diese nacht
unter dem schnee des Col Santo
und es herrschte weder nacht
noch herrschte die helle des tags

Von Anghebeni aus
riefen wir wiederholt Col Santo
niemand antwortete
bis general Oro gegen 11 uhr
einen milizionär an die leitung bekam:
keiner verstand was er sagte
er gab keine antwort
er redete nur wirr
Oro schickte einen kolonel hinauf
der meldete
daß alles zusammengebrochen war
die ersten die ihre posten verließen
waren die kanoniere
obwohl niemand sie attackierte
sie machten die verschlüsse der 149er
unbrauchbar
und ließen die munition hochgehen
dann zog sich die brigade zurück
nichts war dieser krieg
ohne geschütze
wer noch am gipfel war
wurde standrechtlich erschossen
die mündung lauter
als die stummen mäuler der angst
kartätschen die über dem ziel
in der luft explodierten
kugeln in ihren körper gepackt
von der sprengladung zerrissen
in den klaffenden himmel

FÜR DEN rest der nacht des 18. mai
war der sattel
zwischen Col Santo und Col Santino
Domberg wie er hieß
das niemandsland des windes
und der granaten
die breschen schlugen in ihn
schutt an der mauer eines himmels
der herabbrach auf den berg
und die fresken der wolken bloßlegte

III Passo Paradiso

Forse se'milia miglia di lontano
ci ferve l'ora seste e questo mondo
china già l'ombra quasi al letto piano
 quando il mezzo del cielo a noi profondo
comincia a farsi tal che alcuna stella
perde il parere infino a questo fondo
 e come vien la chiarissima ancella
del sol più oltre così 'l ciel si chiude

Dante, Paradiso, XXX

Am nachmittag kamen sie
früher als sonst
noch vor der marend
vom kreuzacker heim
und gingen zum Zellenwirt
die straße war voll von menschen
die musikkapelle spielte
und am bahnhof stand der zug
angepfercht mit männern
das korn war noch nicht eingeführt
aber die musterungskomission unterwegs
jeder bauer hatte ein pferd zu stellen
aus dem ganzen Vinschgau
von jedem dorf kamen die rösser
überall aus den tälern
das ganze tal war voller rösser
und staub
und schnauben
entlang einem braunen fluß
in Bozen wurden die viehtreiber
gleich mit den tieren einwaggoniert
zur front nach Galizien
Fritz Florineth
stahl sich hinter den gleisen davon
übernachtete in einem weinacker
und marschierte wieder nach Laas zurück

DIE LANDESSCHÜTZEN gehörten zur miliz
nach Maximilians landlibell
und 1870
hatten sie die pflicht
die tiroler landesgrenze zu verteidigen
und das recht
nicht bloß säbel und gewehr zu tragen
sondern auch ihre offiziere
selbst zu wählen
der hauptmann
der uns kommandiert
hat vor dem kriege mist geführt
und wenn der krieg zu ende ist
dann führt er wieder mist

auf der kappe trugen sie einen spielhahnstoß
auf dem kragen die edelweiß
und die reiter
graugrüne passepoils
für Galizien hießen sie Kaiserschützen
danach aber
bestand ihre ausrüstung nur mehr
aus rindsledernen schuhen mit genagelten sohlen
die das wasser nicht hielten
wickelgamaschen und grobe socken
die kaum je trockneten
wollkleidung
die sich bei regen vollsog
und bei schnee steif fror und krachte
auf zehn kam ein steigeisen
und was einer mehr wog als fünfzig kilo
büßte er bei den brotschnitten ein

Nach 17 wurden *Rotzstaffeln* formiert
katarrhische rösser
für die arbeit in der etappe
die ration von einem kilo hafer
war zu einer handvoll geworden
also kam ein erlaß vom AOK
Alles Ohne Kopf
wie wir sagten
zuckermelasse zu verfüttern
ich zimmerte tröge für sie
am nächsten tag aber
hatten die tragtiere im stall
das frische und feuchte holz zerbissen
ein zugpferd war dabei
mit aufgeblähtem bauch
die nüstern trocken und fiebrig
der tierarzt
gab ihm eine spritze
es kam auf die beine
schaum vor dem maul
und fiel nach ein paar schritten tot um
als er es aufschnitt
fand er im gedärm zehn kilo sand
die es mit dürrem laub gefressen hatte

LÄNGER WAREN die nächte geworden
als die tage
der reif malte uns ab
und kuppte die körper
auf das gelände
bis seine feder hart wurde
dem Rechenbauern ging bereits im herbst
das futter aus
er stemmte die arme in die hüften
marschierte zurück ins haus und schrie
den Russen an
der den dachstuhl reparierte
und bloß den buckel krumm machte
dann nahm er seinen stock
und trieb zwei kühe
zum quartiermeister
ich sah ihn schon von weitem
bei der brücke dort
die wir gesprengt hatten
falls die Alpini vom kamm herab kämen
er überlegte kurz und tat entschlossen
und wies mit den armen den berg hinauf
zu dem pflock
der materialseilbahn
einen knochenweiß gebleichten holzbock
sah aber nicht
daß die reste des zugseils
aus dem gletscher ragten
die seilrollen für ein neues
schleppten wir nur nachts
vom Passo Paradiso
zum rücken des Monticello
und zogen sie über die hänge
bei tag belegte uns die artillerie
wir schickten munition
ein paar konserven
den sägemehlbims
und mehl und brot und kraut
herab kamen nur mehr die toten

und auch nur jene
die außer reichweite des gegners lagen
die anderen drifteten
die flanke hinunter zum kar
nicht einmal umrisse mehr oder schatten
in sieben metern von schnee

UM DEN Passo Paradiso
der halbkreis der hölle
Vedretta Presena
Presanella
Tonale
und der grat des Monticello
als letzte verteidigungsfront
für den Val di Sole
die bresche der sonne
die sonne
die in diesem schlund
aus dem frost die felsen sprengt
und doch von block zu block
nicht bis hier oben reicht
und mit jedem hang eins tiefer steigt
herab bis in die schächte
zu jenem letzten ort
auf den sie sich einschießt
dem triangulationspunkt
von dort war der feind einzusehen
konnte er flankiert werden
della Malebolge tutto pende
zuerst war da ein zelt im eis
und bretter über die gletscherspalten
alles einzeln heraufgetragen
jeder balken jedes ofenrohr
der kalk für den gemauerten herd
das moos für die scheißhütt
drahtverhau verlegt und laufgräben gegraben
bis baracken in der wand hingen
aber ich konnte nicht mehr höher
ganz benommen
nicht genug atem für die lunge
kalt ists gewesen
hunger haben wir gehabt
wach gestanden sind wir
kalt haben wir gehabt
angst haben wir gehabt
kalt ists gewesen

VIERZIG MINUS
sie trugen ihn in die baracke
wie einen prügel
und als sie ihn auf den boden taten
hat er gehillert wie ein brocken holz
sie rieben ihm die brust
mit schnee ein
und nahmen ihn zwischen sich
auf die pritsche
um vier uhr zappelt er ein wenig
um acht steht er auf
und geht zum ofen
to je dobré   *dankescheen*
und kroch hinaus durch das felsloch
stieg ab immer weiter
glitt an der gefrorenen wand ab
klammerte sich mit den nägeln
in den harsch
und blieb kopfüber hängen
später kehrte die sonne zurück
und zeigte die halbe terz an
wir waren nichts
traurig wie vögel im schnee

MANCHMAL TAUSCHTEN wir mit ihnen
tabak gegen reis
auf dem weg zur feldwache
mußte man an ihren schießscharten vorbei
wir standen ihnen gegenüber
sieben bis acht meter
und einmal war da ein konzert
im herbst auf dem grat
das licht gleißend klar
daß man ihre gesichter
und die rangabzeichen sah
als wir den Florentiner spielten
kamen sie hinaus auf unser schußfeld

Sie vermassen den gletscher mit dem theodolit
und kalkulierten die galerien
zwei tage später wurden fünf sappeure
abgeseilt in seinen bauch
das eis knirscht und knistert
es ächzt bei jedem millimeter
mit dem es sich vorarbeitet
das schmelzwasser nagt an diesem blau
den streifen und schichten
bis in die grünen adern des tags
und tiefer
ins aufquellende schwarz
ein paar meter pro tag
mit gesteinsbohrmaschinen
meißeln
brecheisen
spiralbohrern
und pickeln *system Leo Handl*
und dann eine verworfene grotte
die decke vielleicht zehn meter hoch
stalagmiten und stalaktiten
sich verspleißende sehnen und streben
ein in sich aufreißen harten fleisches
und kristalle
von 30 cm durchmesser fast
die unter der haut barsten
als der stollen nahe genug
an der baracke war
schmolzen flammenwerfer den durchstich
die schatten verbrannten im eis
körper wie splitter im glas
der eine lag flach
andere standen senkrecht
mit dem fuß oder den armen empor
oder in sich gekrümmt
und köpfe ragten
aus diesem see
bis zur schulter
in den frost gefroren

Neuschnee im wind
bläht sich auf wie eine geschwulst
dann bleibt nichts als warten
ob die lahn niedergeht
wenn sie reif ist und bricht
erzählt er
pfeift sie
und dann war da ein druck
der ihn unter die stiege warf
und in die stille
stöhnen
wie vieh beim verrecken
eingeklemmt
zwischen zwei balken
schnitt er sich mit seinem taschenmesser
an der kopfhaut
aus diesem schraubstock heraus
und das blut rann ihm in die augen

Als der schnee faul war
im sommer 1918
kamen die giftgasgranaten
nach drei tagen beschuß
schwärmten die Alpini
über die Presena
und zum Monticello hinauf
die 17er und die 28er
liefen gegen sie an
die lippen gefroren
die schwielen der augen blau
die gesichter nur fratzen
auf der mageren schneide
liefen sie gegen den feind
und deckten die hinteren
bis sie fielen
feuerstaffeln
lebende fackeln
die der morgen in brand setzt
so sehen die toten aus
wenn sie aus dem gletscher kommen
muskeln
eingetrocknet am knochen
dann steh ich auf
und küß dich auf den zerschossenen mund

FÜR DIE heumahd
stiegen sie hinunter
bis zum geröll der gletschermoräne
ging alles noch gut
bei den almweiden
und danach den wiesen
aber konnten sie nicht mehr schnaufen
die luft kam ihnen so dick vor
und schwer
daß sie auf der straße talaus
wie besoffene torkelten
sie waren einfach nicht mehr gewohnt
gerade
und auf ebner erde zu gehen

laas, 28. 7. 97

Inventarium II

Mit den Stilfiguren der Tropen überläßt sich das Denken Begriffen und Sätzen, die von ihrem eigentlichen Sinn abstrahieren. In ihrer Metaphorik kann sich Ursache und Wirkung umkehren, ein Teil für das Ganze stehen, das Eine auf das Andere übertragen oder beides verglichen werden; sie umschreibt, drückt das Gegenteil dessen aus, was sie sagt, oder verneint es. Die Wörter verlagern dabei ihren Blickwinkel weg von Dingen und hin zu Fluchtpunkten, die weit außerhalb ihres Horizontes liegen. Als rhetorische Kunstgriffe suchen die Tropen in Wendungen, die jenen der Sonne zwischen den Kreisen gleichen, nach einem Äquator für Natur und Sprache.

In der Kunstlehre des Pseudo-Longinus – *Peri Hypsous* – beruht das »Hohe« auf der Natur, die »in unsere Seelen das ewige Verlangen *(Eros)* eingepflanzt hat, sich nach dem Großen ebenso zu sehnen, wie nach dem, was wir für das Dämonischste halten«. Es ist ein doppelter Zwiespalt, der in diesem Zitat deutlich wird. Zum einen wird das Erhabene bereits als Surrogat für eine Vorstellung des Heiligen gesetzt, das nicht mehr nur kanonisch zu verstehen ist: das Übermächtige und Überwältigende umfaßt alle

Sphären bis hinunter zum »Tiefen«. Zum anderen spricht der Satz aber zugleich von der Krisis zwischen dem Unsterblichen und dem Sterblichen – die Beispiele, die in dieser Schrift herangezogen werden, haben alle den Kampf mit dem Tod in den verschiedensten Formen zum Inhalt: Krieg, Bedrohung, Folter und Qual. Das Hohe ist eine Annährung an das, was jenseits unmittelbar menschlicher Belange steht, um über der eigenen Endlichkeit bewußt zu werden. Zu dieser Einsicht verhelfen die Stimmen von hohen und niederen Gottheiten – trotz allem Schrecken ist der Mensch in ihnen noch aufgehoben, verleihen sie ihm eine Ahnung der eigenen Größe und Bestialität.
Doch die Stimmen verstummen nach und nach. Übrig bleibt das erschreckend ewige Schweigen unendlicher Räume, wie Pascal es in seinen *Gedanken* sah: »Was ist denn schließlich der Mensch in der Natur? Ein Nichts im Hinblick auf das Unendliche, ein All im Hinblick auf das Nichts, eine Mitte zwischen dem Nichts und dem All, unendlich weit davon entfernt, das Extreme zu begreifen. Er ist ebenso unfähig, das Nichts zu sehen, aus dem er gezogen ist, wie die Unendlichkeit, von der er verschlungen wird.«

Will man das Hohe dennoch umschreiben, muß man sich jener Begriffe bedienen, die von einem »Un-« oder »Über-« wieder gelöscht werden. Das Erhabene läßt sich inhaltlich weder begrenzen noch auf eindeutig auf den Punkt bringen. Eindrücklich und gegenwärtig wird es jedoch durch den Stil; das Erhabene ist eine ästhetische Kategorie, gerade weil die Ästhetik die Dinge verfremdet – und nur dieses Fremde das Sublime auszudrücken in der Lage ist. In der Schrift des Pseudo-Longinus werden die Tropen deshalb einer ausführlichen Sichtung unterworfen. Sie sind es, die mit ihren ungewohnten Sichtweisen jene paradoxalen Analogien erzeugen, die das Unfaßbare der Natur anzudeuten imstande sind; die Denkfigur der Hyperbel – »Der Mensch ist ein Staubkorn im Vergleich mit dem unbegrenzten Weltall« – drückt dies am radikalsten aus.

Als *Peri Hypsous* geschrieben wurde, war bereits ein anderer Begriff für das Hohe gebräuchlich, obwohl sein Kontext mehr im Hintergrund liegt: das Augusteische. Von *augere* abgeleitet, bedeutete es ursprünglich »wachsen und vermehren«, zugleich aber auch »preisen und verherrlichen«. Die unterschiedlichen Aspekte dieser zwei Sinnebenen finden sich in der archaischen Rolle des Dichters verkörpert, in den Fruchtbarkeitsriten, denen er vorstand, und den Lobgesängen, die er vortrug; exemplarisch thematisiert wurde es beispielsweise in der überlieferten Dichtung des Hesiod: der *Theogonie* und den *Werken und Tagen*.

Verwandt mit diesem Verb ist auch der Augur, der die Zeichen des Erhabenen auszulegen und zur Sprache zu bringen hatte. Mit seinem Krummstab zog er die Grenzen eines *templums*, des viereckigen Sichtfeldes für die Leberschau wie für die Auspizien, wo der Flug der Vögel oder die Verästelungen des Blitzes zu deuten waren. Die erste Silbe dieses Wortes enthält bereits den Verweis auf diesen Blick: *ok* wurde über *oculus* zum »Auge«.

Die Geschichte, die wiederum im eigentlichen lateinischen Ausdruck für das Erhabene – *sublimitas* – steckt, erzählt diese Bedeutungen weiter. *Limes* nannte man die markierte Grenzlinie eines Stück Landes, *limus* den fruchtbaren Schlamm dieses Feldes, *sublimare* den Vorgang, mit dem man die Dämonen aus diesem Untergrund in die obere Welt rief, *sublimiter*, das Über Der Erde Sein, um nicht in Berührung mit ihr die Kräfte zu verlieren, und *sublimis* die Höhe des Himmels und des Vogelflugs. Letzteres führt den Begriff ein weiteres Mal zum Auge zurück: *limis aspicere* heißt, »schräg nach oben sehen«. Es ist der Blick der Tropen, der sich darin manifestiert, die Sicht durch die Linse der Wörter auf den Brennpunkt des Figurativen. Das Erhabene existiert nur in jenem Bild, das wir uns von ihm zu machen vermögen.

Die *sublimitas* ist die Kippfigur in diesem Bild. Wörtlich liegt ihre Erhabenheit »unter einer Schwelle« und bringt damit eine, sich verkehrende Perspektive ins Spiel: eine Höhe, die unter etwas ansteht, ein Blick, der sich diesseits an einer Größe mißt und zugleich von einem jenseitigen Punkt tief auf sie herabschaut. Ist es Janus, der Gott der Schwelle? Bezieht sich das Bild auf die Bodenschwelle oder die obere Traverse des Türsturzes? Ist es die Vorstellung des Überschreitens einer Grenze und die Andeutung eines Übergangs, oder gilt der Verweis den Architraven des Tempels und ihrer für die Götter gedachten Höhe? Zum widersprüchlichen Wesen des Sublimen gehören changierende Proportionen ebenso wie wechselnde Standpunkte, die von einer einzigen Metapher zur Deckung gebracht werden wollen.

Das Sublime steht ein als Substitut für die Götter und den Menschen – und das Bewußtsein der Kluft zwischen ihnen. Die rohe Natur, und wie sie sich am Geographischen festsetzt, ist sein Thema. Bis weit ins Mittelalter hinein war der Kosmos ein nach den aristotelischen Prinzipien gedachter. Über der Erde begann die Sphäre des Äthers, in dem sich die Planeten bewegten, außen von der Hohlkugel der Fixsterne umschlossen, die von dem göttlichen Demiurgen in eine Bewegung versetzt wurde, welche am Mond endete: dort lag die innere Grenze des Universums. Die sublunare Dramatik, die das Erhabene immer wieder an den Bergen entdeckt, beruht auf der Sehnsucht, sie zu überwinden: sie aufeinander zu türmen, den Ossa auf den Olymp und diesen wieder auf den Pelion, um des Himmels ansichtig zu werden.

Das Schöne kommt vom Schauen und vom Schein. Mitte des 18. Jahrhunderts erschienen fast zeitgleich die Korollarien dazu: Burkes *Philosophical Enquiry*, die das Sublime populär machte, und Baumgartens Theorie, die den Begriff der »Ästhetik« prägte. Vom Griechischen abgeleitet, bedeutete es nur »Wahrnehmung« im Sinn einer Optik; Baumgarten baute sie zu einer Wissenschaft aus, die er – von der Logik abgesetzt – auf die »unteren Erkenntnisvermögen« anwandte, welche über das »sinnliche Gedächtnis« in der Poesie gipfeln. Ähnliches gilt für Burkes Studie des Erhabenen: beide sind bestrebt, Empfindungen und Eindrücke zu schematisieren, um damit die Idee des Schönen und Erhabenen herauszuarbeiten.

Im Unterschied zum Pseudo-Longinus aber hatten sich die Kriterien grundlegend gewandelt. Das Erlebnis des Schönen war mit der Renaissance zur Symmetrie, das Göttliche zur Konvention erstarrt; zum Ideal wurde jetzt erklärt, was wieder mehr die Gewalt des Chaos unter der Maske der Form erahnen ließ, von der Lust an der Angst hervorgerufen wurde, und das Stumme und Leere miteinschloß. Als könnte man die Stille mit lautstarker Gewalt beschreiben, oder als wäre sie nur der Versuch, nichts, wirklich nichts zu hören.

Was die Natur von neuem in den Mittelpunkt rückte, war, daß

man in ihr Strukturen sah, die wie Zeichen schienen. Eine moderne Definition des Erhabenen würde darin das Problem einer Anthropomorphisierung sehen: in der Natur scheinen Gesetze zum Vorschein zu kommen, die wir versucht sind, als Ausdruck eines Intellekts zu begreifen. Selbst die Wellen des Meeres erscheinen niemals nur willkürlich: es ist, als wäre da ein Körper, der sich regt. Als besäße die Natur eine Schrift, deren Alphabet man teilweise entziffern, aber nicht zu einer Sprache zusammensetzen kann.

Der Einfluß der Naturwissenschaften und ihrer Spekulationen zu dieser Zeit ist nicht zu übersehen. Die Metaphysik schlug um in Empirizismus, und das Sakrale wich dem Deismus, nach dessen Vorstellung die Welt zwar noch von der Vorsehung regiert, der Glaube an die offenbarten Dinge jedoch in Zweifel gezogen wurde. Auf der ethischen Ebene wurde die Figur des homerischen Helden durch das Pathos des Kleinbürgerlichen ersetzt, sein Aufbegehren durch eine voyeuristische Ehrfurcht vor dem Majestätischen. Im Uhrwerk des Newtonschen Universums, das bald einen reales Pendant in den Mechanismen der Industrialisierung fand, wurde das Erhabene zum Synonym für die Heftigkeit von Emotionen, auf die das Bewußtsein der eigenen Überlegenheit folgte; seine Symbole dienten der Rekonstruktion des Gefühls im beginnenden technischen Zeitalter. Und wie man es verstand, war mittels einer vorerst noch rudimentären Wahrnehmungspsychologie, die ebenfalls vom Wissenschaftlichen geprägt war: »Komplexe Ideen werden durch äußere Objekte ausgelöst, die sich auf das Nervensensorium übertragen, mittels Vibrationen im Äther der Nervenporen«, wie Hartley es definiert. »Was immer Gefahr und Schmerz auslöst, ist die Quelle des Sublimen, weil es eine unnatürliche Nervenanspannung hervorruft«, schrieb Burke. Ein schroffer Berg etwa, von dessen übermäßig vielen Einzelpunkten jeweils ein Lichtstrahl ausgeht, der auf die Retina trifft, bewirkt eine schmerzliche Spannung im Auge (während ein Hügel nur einen sanften Wechsel von Lichtimpulsen zur Folge hat). Das angenehme Lustgefühl des Erhabenen rührt jedoch vom Wissen darüber, daß die augenscheinliche Bedrohung als irreal erkannt worden ist, sozusagen nur virtuell exisitiert – und deshalb die Nervenspannung wieder nachlassen darf. »Wir bewundern aus einem natürlichen Trieb den Nil oder den Rhein mehr als die kleinen Bäche, und mehr noch den Ozean«, steht bereits in der Schrift des Pseudo-Longinus, »und wir halten die Gestirne oder den Krater des Ätna, dessen Ausbrüche Steine und ganze Felsmassen aus der Tiefe emporschleudern, für beeindruckender als eine Kerze«. Das Erhabene ist dabei eine Ästhetik des Ersten Mals: die Gewohnheit nützt die Dinge ab, weshalb die Sujets immer noch großartiger und beeindruckender werden müssen, bevor auch sie wieder ihre Kante verlieren.

Im Gegenzug zu diesen Höhen, der die Hallerschen Alpen anfangs als Kulisse dienen, bis sie zu Darwins Zeit durch die Tropen vom Amazonas bis nach Afrika und schließlich durch die Polkappen ausgetauscht werden, taucht aber auch wieder die Tiefe im archaischen Sinn auf: der Schlamm und die Dämonen der Unterwelt, die Schau ins Innere. Auf die Eingeweide der Natur bezogen, faßt die Geologie Fuß; was die Chemie betrifft, entdeckt sie das Sublimat als Übergang von einem Aggregatszustand in den anderen. Übertragen jedoch auf die Leberschau des Seelenlebens, manifestiert sich das Sublime nur mehr in den Figuren der – Sublimierung. Sie ist gewissermaßen eine Dämmerungserscheinung, die in Tropen der Ironie, Litotes oder Periphrase zur Sprache findet.

»Kühn uberhangende, gleichsam drohende Felsen, am Himmel sich auftürmende Donnerwolken, mit Blitzen und Krachen einherziehend, Vulkane in ihrer ganzen zerstörenden Gewalt, Orkane mit ihrer zurückgelassenen Verwüstung, der grenzenlose Ozean, in Empörung gesetzt, ein hoher Wasserfall u.d.gl.«, hatte Kant als Symbole des Erhabenen aufgezählt. Aber die Höhe eines Mont Blanc ruft heute kaum mehr diese Ehrfurcht hervor, und auch auf den Parnaß führt eine Seilbahn. Wo sich das Erhabene dagegen wiederfindet, ist in der Weite, der Leere und in den Grundlagen unseres modernen Weltbildes. Das Unermeßliche wird zum Unmeßbaren, das Hohe zum Unergründlichen. Um jene zu erklären, stößt die Bildhaftigkeit der Wissenschaft wieder auf die Grenzbegriffe der Natur, die sich im Sublimen verkörpert finden. Als Wort stellt es die Substantivierung (»Etwas, das sublim ist«) einer bestimmten adjektivischen Qualität dar, die nicht für sich allein besteht. Nicht die Natur und nicht der Mensch ist sein Sujet, sondern ihr Verhältnis zueinander – insofern es aneinander Kontur annehmen kann.

Um das Erhabene als Naturereignis zu definieren, kommt man wieder und wieder auf die Begriffe des (verlorenen) Heiligen, Transzendenten und Metaphyischen zurück, wie sie in seinen frühen Auslegungen immanent sind; hinter jedem Gewitter steht die Illusion eines donnernden Gottes. Über die eigentliche Bildebene hinaus, waren sich die Orthogonalen des Sublimen eines Fluchtpunktes im erahnbaren Jenseits sicher. Was eine moderne Definition jedoch betrifft, so bleibt dieser Blickwinkel ausgeklammert. Eine Zentralperspektive besteht nicht mehr, die Projektionslinien verlaufen parallel und schneiden sich nur, weil es dem Auge und dem Kalkül der Mathematik so erscheint. Die Leerstelle dahinter skizzieren die Naturwissenschaften, die Lichtstrahlen aufeinanderprallen lassen, bis dabei Materie entsteht, ein sich ewig weiter ausdehnendes Universum prognostizieren und aus dem Nichts sich bildende Elementarteilchen errechnen.

Die Tropen, die man benützt, um diese Dinge wenigstens ansatzweise verständlich zu machen, sind dieselben geblieben, aber sie haben eine andere Wirklichkeit angenommen. Sie entwerfen, wie Benjamin über den zeitgeschichtlichen Wendepunkt des Ersten Weltkriegs formulierte, »den freien Himmel in einer Landschaft, in der nichts unverändert geblieben war als die Wolken und unter ihnen, in einem Kraftfeld zerstörender Ströme und Explosionen, der winzige gebrechliche Menschenkörper«.

Castletownshend, 30. 6. 1998

Gebirgsfront 1916–18 beruht auf Augenzeugenberichten von Soldaten der beiden Lager; als wichtigste Quellen sind Enrico Acerbi, *Strafexpedition Maggio-Giugno 1916,* Novale 1992, und: Marseiler, Bernhart, Haller, *Zeit im Eis*, Bozen 1996, anzuführen. Das Material zu einem Teil der *Figuren* ist genommen aus: Rohrwasser, Steinlechner, Vogel, Zintzen, *Freuds pompejanische Muse*, Wien 1996. Die Glossen zur Optik sind paraphrasiert aus *Color and Light in Nature*, David K.Lynch und William Livingston, Cambridge 1995, und: P. Gruber und H. Kleinert, *Die Dämmerungserscheinungen,* Bern 1927.

Raoul Schrott
Khamsin
Die Namen der Wüste
Erzählung und Essay
61 Seiten. Gebunden.

In der Erzählung »Khamsin« wäre Tekro, nicht mehr als eine lose Ansammlung von Baracken in der Wüste, die Rettung. Aber für den Trupp, der sich auf einen Fußmarsch dorthin aufmacht, sind es 500 Kilometer – über Sanddünen und Kiesebenen, unter nie nachlassender Sonne, mit einem gegenüber der Weite des Horizonts lächerlich geringen Wasservorrat. Für die Männer liegt »der Tod dicht unter der Haut«, und die einzige Zuflucht ist das Memorieren der Namen: »khamsin«, ein Wind aus Süden, der 50 Tage anhält, »s'hara«, der rote Sand von Dünen, der am Schluß fast alle begräbt. – »Khamsin« ist eine poetische Erkundung der Namen der Wüste und eine Hommage an die Reisenden, die noch an Horizonte stoßen. Der Essay »Die Namen der Wüste« durchmißt dieses Terrain in Begleitung von Archäologen, die die Jahrtausende alten Wegmarken und Zeichen erkennen.

S. Fischer

fi 1-073540 / 1

Christoph Ransmayr

Die Schrecken des Eises und der Finsternis

Roman

Mit 11 Abbildungen

Band 5419

Im Zentrum dieses faszinierend vielschichtigen Abenteuerromans steht der authentische Bericht über das Schicksal der österreichisch-ungarischen Nordpolexpedition unter Weyprecht und Payer, die im August 1873 nördlich des 79. Breitengrads zur Entdeckung eines unter Gletschern verborgenen Archipels führte, doch dann scheiterte: die »Admiral Tegetthoff« wurde im Packeis eingeschlossen. Simultan dazu wird eine zweite, eine fiktive, Geschichte erzählt: ein junger Italiener namens Josef Mazzini, der sich in Wien mit Gelegenheitsjobs über Wasser hält und ansonsten Tagträumen nachhängt, begeistert sich für die Hinterlassenschaft dieser Expedition, denkt und phantasiert sie nach, bricht schließlich auf, sie in Wirklichkeit nachzuvollziehen: seine Spur verliert sich in den Eislandschaften Spitzbergens. Ransmayr hat die beiden, zeitlich mehr als 100 Jahre auseinanderliegenden Abenteuer kunstvoll zu einer bizarren ›Chronik des Scheiterns‹ verknüpft; sie entlarvt den Entdeckerehrgeiz als Wahn, als unsinnige Jagd nach persönlichem und nationalem Ruhm: Der Nordpol als »Fluchtpunkt der Eitelkeiten«.

Fischer Taschenbuch Verlag

fi 1246 / 4

Christoph Ransmayr
Der Weg nach Surabaya
Reportagen und kleine Prosa
Band 14212

Christoph Ransmayr begann seine literarische Arbeit als Redakteur und Reporter. Er schrieb seine ersten Artikel für die Kulturzeitschrift Extrablatt, später für Merian oder Geo, und vor allem für TransAtlantik. Aus der großen Zahl dieser Arbeiten hat er jetzt die wichtigsten Stücke ausgewählt und in einem Band zusammengefaßt. Diese Sammlung führt nicht nur die epischen Möglichkeiten der Form der Reportage vor, wenn sich ein Erzähler ihrer bedient. Sie zeigt auch die Hinwendung des Reporters Ransmayr zu den Stoffen und Gestalten seiner späteren Romane. Seine Reportagen erzählen von den Staumauern in Kaprun oder vom Geburtstag einer neunzigjährigen Kaiserin, von Kniefällen in Czenstochau oder vom Leben der Bauern und Fischer im nordfriesischen Wattenmeer. Den zweiten Teil des Bandes bilden fünf Prosaarbeiten, in denen er von den unterschiedlichsten Epochen und Weltgegenden berichtet: Vom Labyrinth des Königs Minos auf Kreta, von Konstantinopel kurz vor der Eroberung durch Sultan Mehmet 1453 oder von der Freien Republik Przemyśl am Ende des Ersten Weltkriegs.

Fischer Taschenbuch Verlag

fi 14212 / 1

J. M. Coetzee

Schande

Roman

Aus dem Englischen von Reinhild Böhnke

Band 15098

Davie Lurie, Literaturprofessor in mittleren Jahren und zweimal geschieden, ist in Ungnade gefallen: eine Affäre mit einer seiner Studentinnen ist an die Öffentlichkeit gedrungen. Der peinlichen Befragung entzieht er sich durch ein Schuldbekenntnis. Er quittiert seinen Dienst und verläßt Kapstadt, um für eine Weile zu seiner Tochter aufs Land zu ziehen. Lucy, die keinerlei Ambitionen in der Welt ihres Vaters hat, versucht auf einem entlegenen Stück Land eine kleine Farm aufzubauen. Zunächst scheint es, als könnten der Einfluss Lucys und der natürliche Rhythmus des Farmlebens Davids aus den Fugen geratenem Leben neuen Halt geben, doch dann werden Vater und Tochter Opfer eines brutalen Überfalls, in dessen Folge der grundlegende existentielle Konflikt zwischen beiden offen zutage tritt.

»Die fortwirkende Erbschaft von Hass und Rachsucht, die das formelle Ende der Apartheid noch lange überdauern wird, beschwört J. M. Coetzee in lakonischer Sprache – und mit der Bannkraft von Weltliteratur.«
Der Spiegel

Ausgezeichnet mit dem Booker-Preis 1999

Fischer Taschenbuch Verlag

fi 15098 / 1

J. M. Coetzee

Der Junge

Eine afrikanische Kindheit

Aus dem Englischen von Reinhild Böhnke

Band 14837

Dies ist die Geschichte eines sehr sensiblen, intelligenten und schwierigen kleinen Jungen, der in einem öden Provinznest ungefähr 160 Kilometer nördlich von Kapstadt aufwächst. Die Besonderheiten dieser Kindheit sind zum einen bedingt durch die Verhältnisse im Apartheidstaat, das belastende Nebeneinander von Afrikaanern, Engländern und Schwarzen und zum anderen durch die individuellen Eigenarten des Jungen, der ein nachdenklicher Einzelgänger ist, sehr an seiner Mutter hängt und den männlich dominierten Lebensformen um ihn herum nichts abgewinnen kann. Er liebt es, sich in seine Bücher zu vergraben, er ist ein unerbittlicher Beobachter und entwickelt ein genaues Gespür für Widersprüche und die dunklen Geheimnisse der Erwachsenen. Er fühlt, daß er anders ist, und wünscht sich doch so sehnlich, normal zu sein. Coetzees meisterliche Charakterstudie eines kleinen Jungen, in dem sich früh der Autor ankündigt, liest sich wie ein Roman.

Fischer Taschenbuch Verlag

fi 693 / 4

John Berger

Auf dem Weg zur Hochzeit

Roman

Aus dem Englischen von Jörg Trobitius

Band 14293

In Gorino, an der italienischen Küste, dort, wo der Po ins offene Meer mündet, soll Ninons Hochzeit stattfinden. Der Vater der Braut kommt aus Frankreich mit seinem schweren Motorrad über die Alpen. Ninons Mutter, eine Tschechin, reist von Bratislava mit dem Bus an. Und Gino, der Bräutigam, ist Italiener. An Ninons Schicksal haben Menschen unterschiedlicher Nationen Anteil. Ninon ist krank, und sie weiß, daß sie nicht mehr lange zu leben hat. Als sie mit Gino in einem Boot auf dem Po fährt, spürt sie mit geschlossenen Augen die Strömung. Gino aber vermag in der Strömung zu navigieren, und so will er Ninon zeigen, daß sie auch mit der Krankheit leben kann. An ihrem Hochzeitstag läßt sie sich vom Taumel der Lebensfreude mitreißen. Ninons Tanz wird zu einem Hymnus auf das Leben, gerade, wenn es am meisten bedroht ist.

John Berger

SauErde

Geschichten vom Lande

Aus dem Englischen von Jörg Trobitius

Band 14295

Seit Jahren lebt John Berger mit seiner Familie unter den französischen Bauern eines kleinen Dorfes in den Bergen Savoyens. Karg, streng und einfach mutet diese archaische Welt am Rande unserer heutigen Zivilisation an, und sie ist unwiderruflich zum Sterben verurteilt. Dennoch überlebt sie Tag für Tag, getragen von Langmut und Tradition, aber auch von der Gewohnheit, die Existenz durch die Arbeit der eigenen Hände zu sichern und zu erhalten. Bergers Liebe zu den Bauern hat ihre Wurzeln in der Erkenntnis dieses Widerspruchs. Und er hat eine besondere Fähigkeit, diese Einsicht erzählend zu vermitteln. Seine knappe, die bäuerliche Denk- und Empfindungsweise widerspiegelnde Sprache läßt den Lesenden unmittelbar teilhaben an den kleinen Geschichten des täglichen Lebens. Mit seinen so einfachen wie bewegenden Erzählungen hält John Berger die Erinnerung an eine Lebensform wach, für die es in der modernen Welt keinen Raum mehr gibt.

Fischer Taschenbuch Verlag

fi 1412 / 1

Bruce Chatwin und Paul Theroux

Wiedersehen mit Patagonien

Aus dem Englischen von Anna Kamp

Band 11721

Bruce Chatwin und Paul Theroux, zwei erfahrene Patagonien-Reisende, die beide bereits Bücher über dieses Land am äußersten Rand der bewohnbaren Welt geschrieben haben, treffen in *Wiedersehen mit Patagonien* zu einem reizvollen Zwiegespräch über ihre Erlebnisse zusammen. Und da sie »literarisch« Reisende sind, erregt ein literarischer Bezug genauso ihre Neugier wie ein merkwürdiges Tier oder eine seltene Pflanze. Melvilles *Moby Dick* oder Edgar Allan Poes *Denkwürdige Erlebnisse des Arthur Gordon Pym*, ein spätmittelalterlicher Ritterroman, in dem ein seltsames Tier mit Namen Patagon auftaucht, oder das Verschwinden des Odysseus im Meer – ihrer leidenschaftlichen Aufmerksamkeit entgeht kaum ein faszinierendes Detail. Sie folgen aber auch den Spuren ganz realer Reisenden – ob es sich hierbei nun um Darwin oder eine englische Lady handelt –, und Chatwin entdeckt höchstpersönlich die Hütte, in der sich Butch Cassidy und Sundance Kid für eine Weile zur Ruhe setzten. Die hier zusammengetragenen Fundstücke wekken die Sehnsucht nach diesem Land, das zur Metapher wurde für das Unheimliche, das verhängnisvoll Anziehende.

Fischer Taschenbuch Verlag

fi 567 / 5

Bruce Chatwin
Traumpfade
The Songlines
Roman
Aus dem Englischen von Anna Kamp
Band 50504

Traumpfade, Songlines: das sind nach dem Glauben der australischen Ureinwohner die labyrinthischen Linien und gedachten Wege, an denen entlang die legendären Ahnen der Traumzeit über den Kontinent wanderten und »singend alles benannten, was ihre Wege kreuzte – Vögel, Tiere, Pflanzen, Felsen, Wasserlöcher – und so die Welt ins Dasein sangen«. Bis zum heutigen Tag dürfen die Traumpfade nicht überschritten werden. Deshalb hat es sich Arkady, Sohn eines vor den Nazis nach Australien ausgewanderten Kosaken, zur Aufgabe gemacht, Karten über die heiligen Stätten der Aborigines anzulegen, um allzu große Verletzungen der Traumpfade durch die Streckenführung der Eisenbahn zu verhindern. An Arkadys Seite geht Chatwin den »Fußspuren der Ahnen« nach in seinem Reisebuch.

Fischer Taschenbuch Verlag

fi 50504 / 1